CM00798667

Yukio Mishima

Le tumulte
des flots

Traduit du japonais
par G. Renondeau

Gallimard

Titre original :

SHIOSAI

© *Yukio Mishima, 1954.*
© *Éditions Gallimard, 1969, pour la traduction française.*

Shinji, fils de pêcheur et orphelin, dans une petite île du Japon, tombe amoureux de Hatsue, fille de pêcheur aussi, mais de famille infiniment plus aisée. Leurs amours presque enfantines — ils ont quinze et seize ans —, d'abord clandestines et chastes, deviennent impossibles, à cause de la calomnie et de la jalousie d'une fille amoureuse de Shinji. On essaie de les séparer. Ils résisteront.

C'est un roman d'une fraîcheur extraordinaire, dans une atmosphère de bois de pins et de grand vent, dans une odeur d'embruns, un vacarme de tempête, et la paix des beaux jours lorsque la mer est calme. Le moins surprenant n'est pas que ce *Daphnis et Chloé* de l'autre bout du monde soit dû au romancier cruel, féroce même, du *Pavillon d'Or* et du *Marin rejeté par la mer*.

Yukio Mishima (pseudonyme de Kimitake Hiraoka) est né en 1925 à Tôkyô. Son œuvre littéraire est aussi diverse qu'abondante : essais, théâtre, romans, nouvelles, récits de voyage. Il a écrit aussi bien des romans populaires qui paraissaient dans la presse à grand tirage que des œuvres littéraires raffinées. Il a joué et mis en scène un film qui préfigure sa propre mort.

Il avait obtenu les trois grands prix littéraires du Japon. Il avait écrit son grand œuvre, une suite de quatre romans qui porte le titre général de *La Mer de la Fertilité*.

En novembre 1970, il s'est donné la mort d'une façon spectaculaire, au cours d'un *seppuku*, au terme d'une tentative politique désespérée qui a frappé l'imagination du monde entier.

CHAPITRE I

Utajima est une petite île de quatorze cents habitants et dont le périmètre n'atteint pas quatre kilomètres. Il y existe deux endroits à signaler pour leur beauté. L'un d'eux est le temple shintô Yashiro qui fait face au nord-ouest et est construit au voisinage du point le plus élevé de l'île. Le temple domine entièrement la vaste baie d'Ise ; l'île se trouve à l'entrée du détroit reliant la baie avec l'océan Pacifique. La presqu'île de Chita en est proche vers le nord et la presqu'île d'Atsumi s'allonge vers le nord-est. A l'ouest on peut apercevoir la côte entre les ports d'Uji-Yamada et de Yokkaichi en Tsu.

En faisant l'ascension des deux cents marches de pierre qui montent au temple et en se retournant quand on est parvenu au torii [1]

1. *Torii* : portiques dont les deux colonnes portent deux traverses horizontales et qui sont placées à l'entrée des temples shintô.

9

gardé par deux lions de pierre, on peut voir ces rivages lointains enserrant la baie d'Ise célèbre par des siècles d'histoire. Jadis il y avait là deux pins dont les branches enchevêtrées offraient curieusement l'aspect d'un torii ; on les appelait « les pins-torii », mais ils sont morts de vieillesse dans les dernières années.

Au moment de ce récit les aiguilles des pins environnants sont encore vertes mais déjà les algues de printemps teintent en rouge la surface de l'eau près du rivage. La mousson du nord-ouest souffle sans cesse de la direction du Tsu et il fait trop froid pour rester à contempler le paysage.

Le temple de Yashiro est dédié à Watatsumi no mikado, dieu de la mer. Utajima étant une île de pêcheurs, il est naturel que les habitants en soient des adorateurs. Ils ne cessent de le prier pour que la mer soit calme et leur premier soin quand ils viennent d'échapper à un danger de la mer est de présenter une offrande au dieu de son temple.

Le temple de Yashiro avait un trésor de soixante-dix miroirs de bronze. L'un, du VIIIe siècle, représentait du raisin. Un autre était une ancienne copie d'un miroir chinois des Six Dynasties dont il n'existe que quinze ou seize exemplaires dans tout le Japon. Le cerf et les écureuils figurant au revers devaient provenir d'une forêt de la Perse et après un périple de la moitié de la terre à travers de vastes continents et des mers sans fin, ils étaient venus finalement trouver le repos à Utajima.

Un autre panorama splendide s'offre aux yeux au phare voisin du sommet du mont Higashi qui tombe à pic sur la mer. Au pied de la falaise le courant du canal d'Irako gronde sans interruption. Les jours de vent, cet étroit passage entre la baie d'Ise et le Pacifique est plein de tourbillons. L'extrémité de la presqu'île d'Atsumi s'avance à travers le canal et sur ses rives rocheuses et désolées se dresse le petit phare permanent sans gardiens du cap Irako. Du sud-est du phare d'Utajima on peut apercevoir un coin du Pacifique et vers le nord-est, de l'autre côté, la baie d'Atsumi ; en outre, au-delà des montagnes, on voit parfois le mont Fuji à l'aube quand souffle un fort vent d'ouest.

Lorsqu'un vapeur à destination ou venant de Nagoya ou de Yokkaichi passait par le canal d'Irako, frayant son chemin à travers les innombrables bateaux de pêcheurs éparpillés le long du canal entre la baie et la mer libre, le gardien du phare pouvait aisément lire son nom dans sa lunette. Le *Tokachi-maru,* un cargo de 1 900 tonneaux de la Compagnie Mitsui, était juste arrivé dans le champ de la lunette. Le gardien put voir deux marins en vêtements gris de travail qui bavardaient en tapant des pieds sur le pont. Un instant après, un cargo anglais, le *Talisman*, entrait dans le canal, se dirigeant vers le port. Le gardien voyait distinctement les marins, paraissant très petits, qui jouaient au palet sur le pont.

Le gardien se tourna vers une table de la chambre de veille et inscrivit sur le registre des « Mouvements de la navigation » le nom des bateaux, leur direction et l'heure de leur passage. Puis, il tapa un message télégraphique, ce qui permettait aux agences dans les ports de destination de préparer sans retard leurs opérations. Dans l'après-midi la lumière du soleil qui s'abaissait fut coupée par le mont Higashi et les environs du phare furent dans l'ombre. Un faucon tournoyait dans le ciel clair au-dessus de la mer. Du haut du ciel il repliait une aile, puis l'autre comme pour les essayer, et au moment où l'on croyait le voir tomber, il se retirait brusquement vers l'arrière et planait, les ailes immobiles.

Le soleil était définitivement couché ; un jeune pêcheur se hâtait sur le sentier conduisant du village au phare. Un grand flétan pendait au bout de son bras.

Ce jeune homme n'avait que dix-huit ans, il était sorti du collège l'année précédente. Il était grand pour son âge et bien bâti et seul son visage révélait sa jeunesse. Une peau ne pouvait être plus brunie par le soleil que la sienne. Il avait le nez bien fait caractéristique chez les habitants de son île. Ses lèvres étaient gercées. Ses yeux noirs étaient clairs mais cette clarté n'était pas celle d'un intellectuel ; c'était le don de la mer à ceux qui vivent d'elle ; en fait il avait eu des notes des plus médiocres au collège. Ses vêtements étaient ceux qu'il portait tous les jours pour pêcher, un pantalon hérité de son défunt père et une veste de pêcheur.

Le garçon passa devant le terrain de jeux déjà déserté de l'école primaire et grimpa la pente voisine du moulin à eau. Montant les degrés de pierre il arriva derrière le temple de Yashiro. Dans le jardin du temple les pêchers étaient garnis de fleurs pâles au crépuscule. De là il n'y avait qu'une dizaine de minutes à peine de montée pour arriver au phare.

Le sentier était dangereusement raide et sinueux au point qu'une personne qui n'y aurait pas été accoutumée aurait sûrement perdu l'équilibre même en plein jour. Mais le garçon aurait pu fermer les yeux, ses pieds auraient su où se poser en sûreté parmi les roches et les racines saillantes des pins ; même dans ce moment où il était perdu dans ses pensées, il ne trébucha pas une seule fois.

Un peu auparavant, le bateau sur lequel le

garçon s'était embarqué, le *Taihei-maru*, était rentré au port d'Utajima. Tous les jours, le garçon montait à bord de ce petit bateau à moteur avec le patron et un camarade et partait à la pêche. En rentrant au port on transborda les prises dans le bateau de la coopérative et après avoir halé leur propre bateau sur le rivage, le jeune homme prit pour le moment le chemin de la maison, portant au bout de son bras le flétan qu'il destinait au gardien du phare.

Le rivage commençait à s'assombrir. Il y régnait une agitation causée par les nombreux pêcheurs qui criaient en halant leurs bateaux sur le sable.

Une jeune fille qu'il ne connaissait pas était adossée à un châssis solide en bois appelé abaque [1] à cause de sa forme, qui était dressé sur le sable. De tels châssis étaient placés sous la quille des bateaux que l'on tirait sur la rive en les halant par l'arrière au moyen d'un cabestan, de sorte qu'ils glissaient doucement. La jeune fille avait l'air d'avoir fini son ouvrage et de se reposer pour reprendre haleine.

Son front était moite de sueur, ses joues brûlaient. Le froid vent d'ouest soufflait passablement fort mais la jeune fille semblait

1. L'abaque est le boulier d'un usage courant général au Japon pour compter.

prendre plaisir à tourner vers lui son visage brûlé par le travail et elle laissait ses cheveux flotter au gré du vent. Elle portait des vêtements de travail : veste sans manches fourrée de coton, pantalon serré aux chevilles et des gants de travail du temps de guerre, tout salis. La couleur saine de sa peau ne différait pas de celle des autres filles de l'île mais elle avait quelque chose de rafraîchissant dans le regard, quelque chose de tranquille dans les sourcils. Ses yeux regardaient fixement le ciel au-dessus de la mer à l'ouest. De ce côté sombrait le soleil couchant dont un point rouge apparaissait au travers d'un amoncellement de nuages tournant au noir.

Le garçon ne se souvenait pas d'avoir jamais vu ce visage. Il ne devait cependant pas se trouver à Utajima un visage qui lui fût inconnu. Au premier coup d'œil il la prit pour une étrangère à l'île. Mais la jeune fille n'était pas vêtue comme une étrangère. Ce n'est que dans sa manière de regarder toute seule la mer qu'elle était différente des autres filles si vivantes et gaies.

Le garçon fit exprès de passer devant la jeune fille. Comme un enfant qui regarde un objet rare il s'arrêta devant elle et la dévisagea. La jeune fille fronça légèrement les sourcils, puis se remit à contempler fixement la mer sans jamais tourner les yeux vers le garçon. Ayant terminé son examen, le jeune homme resté silencieux continua rapidement son chemin.

Il était parti insouciant, heureux d'avoir satisfait sa curiosité ; ce n'est qu'ensuite, lorsqu'il commença à monter le sentier conduisant au phare, que la honte lui vint d'avoir dévisagé la fille si impoliment.

Il regarda dans le bas entre les pins qui bordaient le sentier, la marée qui montait en grondant. Avant le lever de la lune la mer était tout à fait noire. Prenant le tournant autour de la « Colline de la Femme » (on disait qu'on y rencontrait parfois le spectre d'une femme de haute taille), il commença à voir, bien au-dessus de lui, les fenêtres brillamment éclairées du phare. Leur éclat l'éblouit un moment : le moteur donnant l'électricité au village était en panne depuis longtemps et dans le village il n'y avait que des lampes.

S'il portait souvent du poisson au gardien du phare c'est qu'il se sentait reconnaissant à son égard. A son examen de fin d'année au collège l'année précédente il avait échoué et il semblait qu'il dût redoubler sa classe avant de se représenter. Mais sa mère qui passait souvent près du phare en allant ramasser des aiguilles de pin pour se chauffer s'était liée avec la femme du gardien. Elle lui raconta qu'il lui serait impossible de faire subsister les siens si son fils n'était pas reçu. La femme du gardien parla à son mari. Celui-ci était un ami intime du principal du collège ; il alla le trouver, grâce à quoi la sentence d'échec fut rapportée et le garçon put avoir son diplôme.

Le jeune homme ayant quitté l'école devint pêcheur. De temps en temps il allait porter au phare une part de ses prises. Allant souvent faire des achats pour eux, il était gâté par le gardien et par sa femme.

La maison d'habitation du gardien se trouvait juste à côté d'un escalier en ciment conduisant au phare et avait son petit potager. Lorsque le garçon s'approcha, il aperçut à travers la porte vitrée de la cuisine la silhouette de la femme qui circulait, préparant évidemment le dîner.

Il s'annonça en appelant du dehors et la femme ouvrit la porte.

— Ah ! C'est vous, Shinji san, dit-elle.

Le garçon lui tendit le flétan sans dire un mot. La femme le lui prit et cria, en employant son nom de famille :

— Père, Kubo san a apporté un poisson.

D'une pièce voisine le gardien répondit d'une bonne voix amicale :

— Encore une fois merci. Allons, entre un peu, Shinji.

Le garçon se tenait, gêné, à la porte de la

cuisine. Le flétan avait été posé sur un grand plat blanc émaillé ; sa queue brillait, le sang lui sortait par les ouïes et se répandait sur sa peau blanche et luisante.

CHAPITRE II

Le lendemain matin Shinji s'embarqua sur le bateau de son patron, comme d'habitude, et partit à la pêche. L'eau reflétait la couleur blanche du ciel de l'aube légèrement couvert.

Il fallait environ une heure pour arriver au lieu de pêche. Shinji portait un tablier de caoutchouc noir qui partait de la poitrine de sa veste et descendait jusqu'au haut de ses bottes de caoutchouc montant jusqu'aux genoux ; en outre, des gants de caoutchouc protégeaient ses mains. Debout à l'avant du bateau et les yeux fixés sur leur destination, au loin dans le Pacifique, sous le ciel matinal couleur de cendre, il pensait à la veille au soir entre son départ du phare et l'heure de son coucher.

La mère et le frère de Shinji avaient attendu son retour dans la petite pièce éclairée faiblement par une lampe qui pendait au-dessus du fourneau de cuisine. Ce frère cadet n'avait que douze ans. Depuis que son mari avait été tué, la dernière année de la guerre, par une rafale de mitrailleuse et jusqu'à ce que Shinji fût d'âge à travailler, elle avait soutenu sa famille, toute seule, avec ce qu'elle gagnait comme plongeuse.

— Le gardien du phare a été content ?

— Oh ! oui. « Entre donc, entre », m'a-t-il dit et il m'a prié de boire ce qu'ils appellent du cacao.

— Du cacao, qu'est-ce que c'est ?

— C'est étranger. Cela ressemble à la soupe de haricots rouges.

La mère ne connaissait rien à la cuisine ; ou bien elle servait les poissons en tranches crues, ou bien macérés dans le vinaigre, ou bien grillés ou bouillis tels quels, tout entiers. Les rougets apportés par Shinji étaient bouillis sans autre apprêt. Comme ils n'étaient pas lavés convenablement avant d'être bouillis, les dents qui mordaient dans la chair du poisson croquaient souvent du sable en même temps.

Shinji s'attendait pendant le repas à entendre sa mère parler de la fille inconnue, mais si sa mère n'élevait jamais de plainte elle n'avait jamais eu non plus de goût pour les nouvelles qui couraient.

Après le dîner, Shinji emmena son jeune frère au bain public. Là, il espérait entendre parler de l'inconnue. Comme il se faisait tard, la salle était presque vide et l'eau polluée. Le patron de la coopérative des pêcheurs et le directeur du bureau de poste discutaient de politique en utilisant sans façon l'eau chaude du réchauffeur, leurs grosses voix enrouées répercutées par le plafond. Les deux frères les saluèrent de la tête puis allèrent à l'autre bout de la piscine pour se tremper.

Shinji eut beau attendre, l'oreille au guet, les hommes ne parlaient que de politique et ne faisaient aucune allusion à la jeune fille. Pendant ce temps le jeune frère avait pris son bain avec une hâte inaccoutumée et était sorti. Shinji le suivit et lui demanda la raison de sa précipitation. Hiroshi, le jeune frère, expliqua qu'il avait joué aujourd'hui avec ses camarades à la guerre et qu'il avait fait pleurer le fils du patron de la coopérative en le frappant sur la tête avec son sabre de bois.

Shinji s'endormait toujours facilement, mais la nuit dernière, chose bizarre, il était resté sans dormir pendant longtemps. Ne pouvant se rappeler un jour de maladie, le jeune homme fut effrayé en se demandant si c'était cela qu'on appelait être malade...

Son malaise étrange le tenait encore le matin. Mais devant la proue où se tenait Shinji s'étendait le vaste océan. En regardant la mer,

l'énergie nécessaire au travail familier et quoti-
dien envahit tout son corps et sans y penser il
retrouva la paix de l'esprit. Le bateau vibrait
sous les petits coups hachés de son moteur, le
vent sévère du matin frappait les joues du jeune
homme.

Tout en haut de la falaise sur la droite la
lumière du phare était déjà éteinte. Le long de
la rive sous les branches des arbres devenus
marron au premier printemps, l'écume bondis-
sante des vagues sur les roches du canal d'Irako
paraissait d'une blancheur éclatante dans le
paysage couvert du matin. Piloté d'une main
sûre par son patron expérimenté, le *Taihei-maru*
glissait avec aisance à travers les tourbillons du
canal. S'il avait été un gros navire il aurait dû
naviguer avec prudence dans l'étroit passage
entre deux écueils sombres toujours couverts
d'écume. Le chenal avait de quatre-vingts à
cent brasses de profondeur mais sur les écueils
il n y avait que treize à vingt brasses d'eau au-
dessus du roc. C'était là, à partir du point où
des bouées balisaient le passage jusque dans la
direction du Pacifique qu'étaient immergés
d'innombrables pots à poulpes.

Quatre-vingts pour cent de la pêche annuelle
d'Utajima consistait en poulpes. La saison des
poulpes, qui commençait en novembre, allait
bientôt faire place à la saison morte qui

commençait à l'équinoxe de printemps. On était à la fin de la saison, quand les pots attendaient une dernière occasion de prendre des poulpes descendants ainsi qu'on appelait ceux qui fuyaient le froid de la baie d'Ise pour se réfugier dans les profondeurs du Pacifique. Pour les patrons pêcheurs de l'île le moindre coin du fond de la mer peu profonde s'étendant vers le Pacifique était aussi familier que leur propre jardin. Le fond de la mer étant sombre, ils disaient toujours : « Il n'y a que les aveugles pour voir le fond de la mer. » Ils prenaient leur direction au compas et, en observant les différents aspects des crêtes des montagnes sur les caps lointains ils pouvaient toujours dire la position exacte de leur bateau. Quand ils connaissaient cette position, ils connaissaient du même coup la configuration du fond de la mer au-dessous d'eux.

Plus de cent pots étaient attachés à chacun des innombrables câbles posés méthodiquement sur le fond de l'eau et les flotteurs qui y étaient attachés montaient et descendaient dansant au gré de la houle. La conduite de la pêche était réservée au propriétaire du bateau, ou au patron, toujours vieillis dans le métier. Sur leur bateau, Shinji et l'autre garçon, Ryûji, n'avaient d'autre tâche que d'employer leurs muscles aux travaux de force.

Oyama Jukichi, maître pêcheur et propriétaire du *Taihei-maru,* avait un visage pareil à un cuir tanné par les vents de mer. Ses rides étaient brûlées profondément par le soleil ; celles de ses mains, en particulier, incrustées à fond de noir, ne se distinguaient pas des cicatrices de blessures reçues à la pêche ; il riait rarement mais était toujours d'une bonne humeur calme et quand il prenait une voix forte pour commander sur le bateau il n'y mettait jamais de colère. Au cours de la pêche il quittait rarement sa place de barreur à l'arrière avec sa godille et quand il le faisait c'était pour régler le moteur d'une main.

Au large, ils trouvèrent de nombreux autres bateaux de pêche déjà rassemblés mais qu'on n'avait pas vus jusque-là et avec qui ils échangèrent les saluts du matin.

Arrivé au lieu de pêche qui lui était attribué, Jukichi baissa le régime du moteur ; il fit signe à Shinji de fixer la courroie allant du moteur au treuil du plat-bord. Le treuil entraînait une poulie placée hors du plat-bord. Pendant que le bateau suivait doucement l'une des cordes aux pots à poulpes les garçons la faisaient s'enrouler sur le treuil. Ils se relayaient pour haler la corde dont le chanvre étant trempé d'eau augmentait le poids et n'était plus entraînée par la poulie ; ou bien ils la guidaient pour l'empêcher de glisser.

Un soleil pâle se cachait derrière les nuages de l'horizon. Deux ou trois cormorans nageaient, leurs longs cous allongés au-dessus de l'eau. En se tournant vers Utajima on pouvait voir les falaises du sud que les déjections des bandes de cormorans faisaient toutes blanches.

Le vent était terriblement froid, mais en même temps qu'il disposait la corde pour l'enrouler sur le treuil et en regardant la mer d'un profond indigo Shinji sentait bouillir en lui l'énergie qu'il apportait au travail qui n'allait pas tarder à le faire transpirer. La poulie se mit à tourner. La corde mouillée, lourde, commença à sortir de l'eau. A travers le caoutchouc de ses gants Shinji sentait la solide corde glacée qu'il tenait dans ses mains. Lorsque la corde passa sur la poulie elle fit gicler un jet d'eau glacée.

Puis apparurent les pots dont l'eau était pleine de boue rouge. Ryûji les attendait et les vidait. Si le pot ne contenait pas de poulpes, il en renversait vivement l'eau à la mer avant qu'il ne touche le treuil et le rattachait à la corde qui s'enfonçait de nouveau dans l'eau. Shinji, un pied appuyé à la poupe, avait les jambes écartées et continuait de tirer hors de l'eau il ne savait quoi. Brasse par brasse, la corde était halée. Shinji avait gagné, mais la mer n'avait rien perdu en fait. Comme pour se moquer, elle envoyait un par un des pots vides.

Plus de vingt pots, attachés à des distances de sept à dix mètres, avaient été trouvés vides. Shinji tirait toujours sur la corde. Ryûji vidait les pots de leur eau. Jukichi, sans jamais changer d'expression, gardait une main sur la godille ; en silence, il ne quittait pas des yeux le travail des jeunes gens.

La sueur mouillait le dos de Shinji et commençait à briller sur son front exposé au vent du matin ; ses joues devenaient brûlantes. Enfin le soleil perça les nuages, projetant des ombres pâles aux pieds des garçons qui se déplaçaient rapidement. Ryûji tournait le dos à l'avant, faisant face à l'intérieur du bateau. Il souleva le pot qui venait de sortir de l'eau et Jukichi débraya la poulie. Pour la première fois, Shinji tourna les yeux vers le pot. Ryûji en fouilla l'intérieur avec un bâton. Rien n'en sortit. De nouveau il gratta le fond du pot avec son bâton. Alors, comme un homme que l'on a fait sortir malgré lui de sa sieste, un poulpe sortit tout son corps qui glissa par terre. Soulevant le couvercle d'une grosse réserve de poissons vivants placée devant la chambre du moteur, Ryûji fit glisser la première prise de la journée au fond de ce casier en bambou où elle tomba lourdement.

26

Le *Taihei-maru* passa presque toute sa matinée à la pêche aux poulpes. Il n'en prit que cinq. Le vent cessa, un beau soleil brilla. Le *Taihei-maru* remonta le canal d'Irako et retourna dans la mer d'Ise pour y faire de la pêche à la drague dans la zone interdite à la pêche. La pêche à la drague consiste à attacher des lignes munies d'hameçons à une barre horizontale que l'on traîne au fond de l'eau au bout d'une solide aussière.

Après quelque temps ils sortirent de l'eau quatre têtes-plates et trois soles qui dansaient au bout de leur ligne.

De ses mains nues, Shinji les décrocha des hameçons. Les têtes-plates tombèrent sur le pont maculé de sang, leurs ventres blancs brillant ; sur le corps noir et humide des soles, les yeux profondément enfoncés dans des rides reflétaient le bleu du ciel.

L'heure du déjeuner arriva. Jukichi sortit les têtes-plates qu'on avait prises et faisant la cuisine sur le toit du moteur les coupa en tranches. Les trois hommes se les partagèrent et les disposèrent sur le couvercle de leur boîte à repas froid en aluminium. Ils les arrosèrent d'un peu de shôyu pris à une petite bouteille. Ensuite ils prirent les boîtes, remplies d'un mélange de riz et d'orge bouillis et dans un coin, de quelques tranches de raves de conserve... Ils laissèrent le bateau flotter doucement au gré des vagues.

— Savez-vous que l'oncle Miyata Teru a rappelé sa fille ? dit brusquement Jukichi.

— Je n'en sais rien.

— Moi non plus, dirent les deux jeunes gens en secouant la tête.

Alors Jukichi se mit à parler.

— L'oncle Teru avait quatre filles et un fils. Il dit qu'il avait assez de filles comme cela ; il en a marié trois ; et il a fait adopter la quatrième. Elle s'appelait Hatsue et elle a été adoptée dans une famille de plongeuses à Oizaki en Shima. Mais voilà, son fils unique, Matsu, est tombé malade de la poitrine et est mort l'an dernier. Comme il est veuf, l'oncle Teru commence à se sentir seul. Alors il rappelle Hatsue, la fait réintégrer dans sa famille à l'état civil et décide d'adopter le mari qu'elle épousera, de manière que quelqu'un puisse porter son nom. Hatsue promettant d'être une vraie beauté, il va y avoir un tas de jeunes gens pour l'épouser. Qu'en dites-vous, les gars ?

Shinji et Ryûji se regardaient en riant. Il est certain que tous deux rougirent mais leur peau était trop brûlée par le soleil pour qu'on puisse s'en apercevoir.

Shinji fit un rapprochement immédiat entre

la jeune fille de cette conversation et celle qu'il avait aperçue la veille sur le rivage. En même temps il pensa à son humble condition, ce qui lui fit perdre toute confiance et la jeune fille qu'il avait regardée de si près la veille lui apparut comme un être très lointain. Car il savait que Terukichi était un homme riche, propriétaire de deux cargos affrétés par les Transports Yamakawa, l'*Utajima-maru* de 185 tonneaux et le *Harukaze-maru* de 95 tonneaux ; il était célèbre par sa chevelure blanche qu'il agitait comme une crinière de lion et par son caractère grognon.

Shinji avait toujours eu du bon sens. Il jugeait que n'ayant pas dix-huit ans il n'avait pas à penser à une femme. Contrairement aux milieux bourrés de tant d'excitations dans lesquels vit la jeunesse des villes, à Utajima on ne trouvait pas un établissement avec billard mécanique, pas une seule buvette, une seule serveuse. Le seul rêve bien simple du garçon était seulement de posséder un jour un bateau à moteur et de faire du cabotage avec son jeune frère.

Bien qu'entouré par la vaste mer, Shinji ne s'abandonnait pas au rêve impossible de grandes aventures sur les mers. La conception qu'a de la mer le pêcheur est voisine de celle qu'a le cultivateur du lopin de terre qu'il possède. La mer est le lieu où il gagne sa vie. Au lieu d'un champ d'épis de riz ou de blé, il a un champ toujours bruissant de vagues blanches dont la forme varie sans cesse au-dessus du bleu d'un sol sensible et mouvant.

Cependant, lorsque la journée de pêche fut presque achevée, la vue d'un cargo blanc qui passait à l'horizon sur les nuages du soir remplit le cœur du jeune homme d'une émotion étrange. Le monde venait de là-bas, au loin, le presser de son immensité à laquelle il n'avait jamais réfléchi jusque-là. Cette impression d'un monde inconnu lui arriva comme un lointain coup de tonnerre qui gronderait au loin puis s'éteindrait.

Une petite étoile de mer se desséchait sur le pont vers la proue... Le jeune homme était assis là, à la proue, une serviette grossière attachée autour du front. Quittant du regard les nuages du soir, il secoua légèrement la tête.

CHAPITRE III

Ce soir-là Shinji se rendit à la réunion ordinaire de l'Association des jeunes gens. Elle se tenait dans ce qu'on appelait autrefois « le dortoir » qui avait été organisé pour les jeunes gens de l'île. Maintenant on avait changé le nom mais beaucoup de garçons aimaient mieux passer la nuit là, dans cette maison peu élégante que de coucher chez eux. Là, ils examinaient gravement les questions d'école, l'hygiène, la manière de renflouer un bateau coulé, de secourir les naufragés, ou encore ils discutaient âprement sur les devoirs incombant aux jeunes gens lors de la danse du lion ou des danses de la Fête des Morts [1]. Ils sentaient ainsi la part

1. La danse du lion est un divertissement aimé des enfants et des badauds. Un animal fantastique dont les quatre pattes sont les jambes de deux hommes abrités sous une couverture et dont la tête est un masque féroce se livre à des pitreries aux sons d'un tambour et d'une flûte.

qu'ils prenaient à la vie publique, ils goûtaient
le plaisir pour des jeunes gens de porter sur
leurs épaules une charge des affaires communes
tout comme les adultes.

Le vent de mer secouait les volets fermés et
faisait osciller la lampe qui tour à tour éclairait
subitement la pièce ou la plongeait dans
l'obscurité. Au-dehors, la mer dans la nuit
faisait sentir sa pression et le grondement des
flots disait sans cesse l'agitation et la puissance
de la nature tandis que les ombres de la lampe
passaient sur les visages des jeunes gens devi-
sant gaiement.

Lorsque Shinji entra, l'un des garçons était à
quatre pattes sous la lampe, se faisant couper
les cheveux par un camarade avec des ciseaux un
peu rouillés. Shinji sourit et alla s'asseoir par
terre le dos au mur, entourant ses genoux de ses
bras. Il resta silencieux comme d'habitude,
écoutant ce que disaient les autres.

Les jeunes gens se vantaient mutuellement
de leur pêche de la journée et riaient très fort,

La Fête des Morts a une origine religieuse. Elle débute
le 13 juillet et dure plusieurs jours. Elle commence par
des offrandes aux défunts qui sont placées sur de petites
barques portant des lumières (d'où le nom de Fête des
Lanternes donné aussi à cette fête). Mais dès le deuxième
jour l'atmosphère devient gaie et l'on exécute des danses.

se lançant mutuellement sans façon des injures. L'un d'eux, amateur de lecture, lisait gravement un vieux numéro d'une revue mise à leur disposition. Un autre était plongé, avec non moins d'enthousiasme, dans la lecture d'un livre comique. Il tenait le livre ouvert avec des doigts aux jointures très noueuses pour son âge. Quand il ne comprenait pas du premier coup l'humour d'une page, il réfléchissait deux ou trois minutes puis partait d'un grand éclat de rire.

C'est là que, pour la seconde fois, Shinji entendit parler de la jeune fille. Un garçon aux dents mal plantées ouvrit largement la bouche et après avoir ri :

— Pour parler de Hatsue...

Shinji n'entendit que ce lambeau de phrase, le reste, mêlé au brouhaha des rires partis d'un autre coin de la pièce, lui échappa malheureusement.

Shinji n'était nullement porté à ruminer ses pensées, mais ce seul nom ne cessait de harceler son esprit, comme un problème difficile à résoudre. Rien qu'en entendant ce nom ses joues se coloraient, son cœur bondissait. Il lui était pénible d'être assis là immobile, ressentant ces changements physiques qu'il ne connaissait jusqu'à présent qu'après un travail rude. Il tâta ses joues chaudes avec la paume de sa main. Elles lui semblèrent être les joues d'une autre personne. Sa fierté était blessée de la présence en lui d'un être qu'il ignorait et sa colère lui rendait les joues encore plus rouges.

Les jeunes gens attendaient l'arrivée de leur président, Kawamoto Yasuo. Yasuo n'avait pas encore dix-neuf ans ; il appartenait à une famille notable du village, il avait le pouvoir d'entraîner les autres à sa suite. Il savait se donner de l'importance en dépit de son âge et arrivait toujours en retard aux réunions.

Ouvrant la porte avec bruit, Yasuo entra. C'était un garçon gras qui avait hérité de son père grand buveur un teint rouge. En dépit d'une apparence naïve, des sourcils minces lui donnaient un air rusé. Il parlait aisément une langue exempte de dialecte.

— Pardon d'être en retard. Alors mettons-nous rapidement à parler de l'exécution des travaux du mois prochain.

Ayant dit ces mots il s'assit à une table et ouvrit un carnet. On ne sait pourquoi, il montrait une grande hâte.

— Ainsi qu'il a été décidé à la dernière réunion, hm ! hm !, nous avons à tenir une réunion pour l'Association du respect à la vieillesse, et puis le transport des pierres pour réparer les chemins. Et puis, à la demande du conseil du village, les travaux de nettoyage des égouts pour la dératisation. Nous ferons cela comme d'habitude un jour où le mauvais temps rendra impossible toute sortie pour la pêche. La dératisation peut se faire n'importe quel jour ; cela doit être égal à l'agent de police que l'on tue des rats en dehors des égouts !

Tout le monde rit et l'un dit : « Tu parles ! »

Des propositions furent faites pour demander au médecin de l'école de faire une conférence sur l'hygiène, pour organiser une grande réunion oratoire, mais comme on sortait des fêtes du Nouvel An selon l'ancien calendrier, les jeunes gens n'accueillirent ces propositions qu'avec tiédeur.

Puis ils se constituèrent en assemblée critique pour examiner leur bulletin ronéotypé, *L'Ile orpheline.* Le jeune homme qui aimait la lecture et qui avait cité à la fin d'un article un poème de Verlaine devint la cible de toutes les critiques.

Je ne sais pourquoi
Mon esprit amer
D'une aile inquiète et folle vole sur la mer.
Tout ce qui m'est cher,
D'une aile d'effroi
Mon amour le couve au ras des flots...

— « Inquiète », qu'est-ce que cela vient faire ?

— Cela veut dire « inquiète ».

— N'est-ce pas une erreur pour « vagabonde [1] ? »

— Oui, oui. Si l'on met « vagabonde, vole comme une folle » on voit le sens.

— Qui est ce Verlaine ?

— Un célèbre poète français.

— Eh bien, je n'en savais rien. Ce n'est pas tiré d'une chanson à la mode ?

Sur ces mots, la réunion ordinaire prit fin, se terminant comme toujours par un échange de quolibets.

Etonné de la hâte avec laquelle Yasuo, le président, était parti, Shinji arrêta un de ses camarades et le questionna.

— Tu ne sais pas ? répondit le camarade. L'oncle Miyata Teru donne une fête pour célébrer le retour de sa fille et il y est invité.

Au lieu de rentrer comme d'habitude avec les amis, bavardant et riant, Shinji qui n'était pas invité à la réception se détacha de leur groupe, prit le long du rivage vers l'escalier de pierre

1. La similitude des sons de deux mots japonais traduits ici par « inquiète » et « vagabonde » donne lieu à cette discussion qui perd presque tout intérêt à la traduction. Les vers de Verlaine cités se trouvent dans *Sagesse*.

conduisant au temple de Yashiro. Regardant toutes les maisons qui s'étageaient sur les pentes, il aperçut la maison de Miyata illuminée.

Toute la lumière dans le village était donnée par les mêmes lampes à huile mais celles-ci paraissaient un peu différentes, plus brillantes. Même s'il ne pouvait voir la scène du banquet, il était certain que ces flammes sensibles faisaient vaciller sur ses joues l'ombre de ses sourcils tranquilles et de ses longs cils. Arrivé au bas des degrés de pierre, Shinji regarda les deux cents marches dont la blancheur était coupée çà et là par les ombres des basses branches des pins. Il commença à monter, ses socques de bois faisaient un bruit sec sur la pierre. La lumière était déjà éteinte dans la maison du prêtre.

Même après avoir monté d'une traite les deux cents marches, le cœur de Shinji ne battait nullement dans sa large poitrine. Il s'inclina respectueusement devant le temple.

Il glissa une pièce de dix yen dans le tronc. Après réflexion il en glissa une autre de dix yen. Il frappa dans ses mains pour attirer l'attention du dieu et le bruit s'en répercuta dans le jardin ; en même temps il fit dans son cœur la prière suivante : « Ô dieu ! faites que la mer soit calme, la pêche abondante, le village

37

de plus en plus prospère. Je suis encore jeune mais faites que je devienne un pêcheur accompli. Que je sache tout ce qui touche la mer, ce qui touche les poissons, ce qui touche les bateaux, ce qui touche le temps, tout. Que je sache tout, sois habile en tout. Protégez ma douce mère et mon frère qui n'est encore qu'un enfant. Quand ma mère plongera dans la mer au cours de la saison, protégez son corps contre tous dangers... Et puis je voudrais faire une autre sorte de prière... Qu'un jour vous me donniez, à moi tel que je suis, une fiancée d'une bonne nature et belle... par exemple comme la fille de Miyata Terukichi qui vient de revenir chez elle... »

Le vent se mit à souffler, les cimes des pins s'agitèrent. C'était un coup de vent, dont l'écho passant dans le bois de pins, pénétra jusqu'au fond sombre du temple. Le jeune homme pensa que le dieu de la mer avait peut-être agréé sa prière.

Shinji leva les yeux vers le ciel étoilé et respira profondément. Puis il pensa : « Dieu ne pourrait-il pas me punir pour avoir fait une prière aussi égoïste ? »

CHAPITRE IV

Quatre ou cinq jours plus tard, le vent soufflait en tempête. Les vagues passaient haut par-dessus le brise-lames du port. Partout sur la mer s'élevaient de hautes vagues aux crêtes blanches. Quoique le ciel fût clair, tout le monde au village avait décidé de ne pas pêcher. La mère de Shinji lui demanda un service.

Les femmes du village ramassaient du bois de chauffage dans la montagne et l'entreposaient dans les ruines de ce qui avait été un poste d'observation de l'ancienne armée au sommet de la montagne. Ce qu'avait ramassé la mère de Shinji était attaché par des chiffons rouges. Les jeunes gens ayant terminé dans la matinée leurs travaux de transport de pierres, la mère de Shinji demanda à son fils d'aller lui chercher son bois.

Shinji mit sur son dos le cadre sur lequel on entassait le bois de chauffage et partit de la

maison. Le chemin passait près du phare.
Quand il s'engagea sur la « Colline de la
Femme » le vent s'apaisa aussi complètement
que s'il avait fait une malice. La maison du
gardien du phare était aussi calme que si elle
s'était trouvée en pleine sieste. Dans la maisonnette de l'homme de veille on apercevait le dos
de l'homme assis à une table. Il en sortait une
musique de radio. Montant la pente raide dans
le bois de pins derrière le phare, Shinji commença à transpirer.

La montagne était absolument silencieuse.
On n'y voyait aucune forme humaine, pas un
seul chien errant. En fait, par suite d'un tabou
du dieu gardien de l'île, il n'y avait aucun chien
errant dans l'île, même pas un chien domesti-
que. L'île était toute en pentes raides, avec de
rares parties plates ; on n'y trouvait ni bœufs ni
chevaux pour les charrois. Les seuls animaux
domestiques étaient les chats qui caressaient du
bout de leur queue les ombres inégales des toits
étagés surplombant les ruelles de cailloux
roulés descendant par marches successives entre
les rangées des maisons du village aux toits
raides.

Le jeune homme monta au sommet de la
montagne. C'était le point le plus élevé d'Utajima mais il se trouvait tellement envahi par
des buissons de sakaki, d'éléagnes et de hautes

herbes qu'il ne permettait aucune vue. Seul le tumulte des flots se répercutait à travers la végétation. Le sentier conduisant de l'autre côté vers le sud était obstrué par les buissons et les herbes et il fallait faire un détour pour arriver aux ruines de l'observatoire.

Bientôt il aperçut au-delà du terrain sablonneux couvert de pins l'observatoire de deux étages en béton armé. Ces ruines blanches paraissaient surnaturelles dans ce paysage désert et silencieux. Jadis des soldats se tenaient au balcon du premier étage, la jumelle aux yeux et observaient le tir des canons qui faisaient des tirs d'exercice du mont Konaka sur le revers du cap Irako. Quand un coup était parti, les officiers à l'intérieur du poste demandaient la position de l'impact et les soldats observateurs répondaient.

La vie continua ainsi jusqu'au milieu de la guerre. Les soldats qui étaient logés là accusaient un fantôme de blaireau lorsque leurs provisions diminuaient mystérieusement.

Le jeune homme jeta un coup d'œil sur le rez-de-chaussée de l'observatoire. Il y avait des fagots de bois mort et des tas d'aiguilles de pin séchées sur leurs branchettes. Le plancher avait évidemment servi de magasin et ses fenêtres étaient toutes petites, quelques-unes ayant encore des vitres intactes. Le garçon entra et à

41

la faible lumière des fenêtres trouva bientôt la marque de sa mère : des chiffons rouges attachés à plusieurs fagots, avec son nom Kubo Tomi, écrit en noir en caractères enfantins. Shinji enleva le cadre de son dos, il y attacha les paquets d'aiguilles sèches et les fagots. Il regrettait de quitter si tôt l'observatoire où il n'était pas venu depuis longtemps. Laissant pour un moment son fardeau il allait monter les marches de ciment.

Juste à ce moment il entendit en haut comme un bruit de pierres et de bois entrechoqués. Il écouta attentivement. Le bruit avait cessé... C'était sûrement l'effet de son imagination.

Il monta l'escalier et au premier étage il aperçut la mer, encadrée lamentablement par de larges fenêtres sans vitres ou même sans châssis. La balustrade de fer du balcon elle-même avait disparu. Des traces de graffiti à la craie laissées par les soldats étaient encore visibles sur les murs gris.

Shinji continua de monter. Son regard s'arrêta au deuxième étage sur la hampe brisée d'un drapeau et cette fois il fut certain d'entendre des sanglots. Il s'élança et grimpa rapidement à pas de loup.

La personne qui fut le plus certainement surprise était une jeune fille qui vit apparaître

soudain un jeune homme devant elle sans crier
gare. Elle portait des socques de bois et pleurait
mais maintenant elle cessa de sangloter. Elle
était pétrifiée : c'était Hatsue.

Le jeune homme était confondu par cette
heureuse rencontre imprévue et n'en pouvait
croire ses yeux. Tous deux étaient là debout,
étonnés comme deux animaux qui, se trouvant
brusquement face à face au milieu des bois, se
regardent mutuellement dans les yeux, en proie
tour à tour à la méfiance et à la curiosité.

Finalement, Shinji demanda :

— Vous êtes Hatsue, n'est-ce pas ?

Involontairement, Hatsue fit oui, d'un signe
de tête, mais parut surprise de voir qu'il
connaissait son nom. Cependant quelque chose
dans les yeux noirs et sérieux de ce garçon qui
faisait tous ses efforts pour paraître fier et
décidé parut lui rappeler un jeune visage qui
l'avait regardée fixement l'autre jour sur la
plage.

— C'est bien vous qui pleuriez ?

— C'était moi.

— Pourquoi pleuriez-vous ?

Il la questionnait comme aurait fait un agent
de police.

La jeune fille répondit immédiatement. La
femme du gardien du phare donnait des leçons
d'étiquette et de ménage aux jeunes filles du

village que cela intéressait et Hatsue s'y rendait aujourd'hui pour la première fois. Mais arrivée trop en avance, elle avait décidé de monter sur la montagne derrière le phare et elle avait perdu son chemin.

A ce moment, l'ombre d'un oiseau passa sur leurs têtes. C'était un faucon pèlerin. Shinji y vit un bon signe. Sa langue qui paraissait nouée se délia et recouvrant son attitude habituelle d'homme fait, il lui dit qu'il allait passer devant le phare pour rentrer et qu'il l'accompagnerait jusque-là.

Hatsue sourit, ne faisant pas le moindre effort pour essuyer ses larmes. C'était comme si le soleil avait brillé pendant une averse !

Hatsue portait un pantalon de serge noire et un sweater rouge, des sandales de velours rouge sur des socques de bois. Elle se pencha par-dessus le parapet de béton au bord du toit et regarda la mer qui était en bas.

— Qu'était cette construction ?

— C'était un observatoire de tir pour voir où tombaient les obus de canon que l'on tirait.

A cet endroit, situé sur le côté de l'île, abrité par la montagne, il n'y avait pas de vent. Le Pacifique éclairé par le soleil s'étendait sous leurs yeux. La falaise couverte de pins tombait à pic sur la mer, ses rochers saillants étaient teintés en blanc par les déjections des cormo-

44

rans, l'eau voisine du pied de la falaise était d'un brun foncé dû au varech poussant sur le fond de l'eau.

Shinji montra du doigt un rocher élevé sur lequel des vagues furieuses se brisaient en poussière d'eau et donna une explication.

— Ce rocher s'appelle l'île Noire. C'est là que l'agent de police Suzuki pêchait quand les vagues l'ont emporté.

Shinji était tout heureux mais le temps approchait où Hatsue était attendue au phare. S'éloignant du parapet de béton, Hatsue se tourna vers Shinji.

— Il faut que je m'en aille, dit-elle.

Shinji ne dit rien mais il prit un air étonné. Il avait aperçu une ligne noire en travers du devant de son sweater rouge. Hatsue suivit son regard et vit que le bord du parapet auquel elle s'était appuyée avait laissé une trace noire sur son sweater. Penchant la tête elle se mit à taper sa poitrine avec le plat de la main.

Deux légères éminences du sweater, que l'on aurait pu croire soutenues par de fermes supports, se mirent à danser légèrement.

Shinji regardait, rempli d'admiration. Les seins de Hatsue, qu'elle avait frappés du plat de la main, ressemblaient à de petits animaux joueurs. Shinji était impressionné par la douce élasticité de leurs mouvements ; la saleté de la ligne noire avait disparu.

Shinji descendit le premier l'escalier de ciment, Hatsue le suivit, ses socques faisaient entendre des claquements légers et clairs répétés par les quatre murs des ruines. Il commençait à descendre au rez-de-chaussée, lorsque le bruit des socques derrière Shinji s'arrêta. Il se retourna. La jeune fille riait.

— Qu'y a-t-il ? demanda-t-il.

— Je suis noire aussi, mais vous, vous êtes tout à fait noir !

— Comment cela ?

— Vous êtes complètement brûlé par le soleil, n'est-ce pas ?

Le jeune homme rit, sans autre raison et continua à descendre. Ils allaient partir lorsqu'il fit brusquement demi-tour et remonta : il avait oublié la charge de bois que sa mère lui avait demandé de rapporter.

Sur le chemin du retour, Shinji allait devant la jeune fille, sa montagne d'aiguilles de pin sur le dos. Comme elle lui demandait son nom, il se nomma pour la première fois. Mais il se hâta de lui recommander de ne mentionner son nom à personne et de ne pas parler de leur rencontre. Shinji savait combien les gens du village avaient mauvaise langue. Hatsue promit de ne rien dire. Ainsi leur crainte fondée des

commérages dont le village était friand trans-
forma ce qui n'avait été qu'une innocente
rencontre en un secret entre les deux jeunes
gens.

Shinji marchait, silencieux, ne sachant comment ils pourraient se rencontrer de nouveau et
ils atteignirent bientôt le point d'où ils pouvaient apercevoir le phare. Il lui indiqua un
raccourci menant derrière la maison du gardien
du phare et lui dit au revoir puis, à dessein, il
prit un chemin faisant le grand tour pour
descendre au village.

CHAPITRE V

Le jeune homme avait mené jusque-là une vie paisible malgré sa pauvreté, mais de ce jour il fut torturé par l'anxiété et s'abîma dans ses pensées. Il s'inquiétait de savoir s'il n'avait rien en lui qui pût toucher le cœur de Hatsue. Sa santé était telle qu'aucune maladie ne l'avait atteint, sauf la rougeole. Il était capable de faire cinq fois le tour de l'île d'Utajima à la nage ; il était certain que sa force physique lui permettait de ne craindre personne mais il ne pouvait croire qu'aucune de ces qualités fût de nature à émouvoir Hatsue.

Aucune autre occasion de rencontrer Hatsue ne se présenta. Chaque fois qu'il rentrait de la pêche il parcourait des yeux la plage espérant l'apercevoir, mais les rares fois où il la vit, elle était occupée par son travail et il n'était pas possible de lui dire un mot. Il n'eut plus la chance qu'il avait eue le jour où il l'avait vue, solitaire, appuyée à un abaque et regardant vers le large.

Cependant le jour où le jeune homme las d'attendre décida de ne plus jamais penser à Hatsue, il fut sûr qu'il pourrait l'entrevoir dans la foule qui s'agiterait autour des bateaux à leur rentrée au port.

Les jeunes gens des villes apprennent par les romans ou les films les diverses manières d'exprimer leur amour, mais à Utajima il n'y avait à peu près pas de modèles à imiter. C'est pourquoi Shinji, même quand il pensait aux précieux instants où ils s'étaient trouvés seuls entre l'observatoire et le phare, n'avait aucune idée de ce qu'il aurait pu faire à ce moment. Il ne lui restait qu'une pensée lancinante : le regret de n'avoir rien fait de ce qu'il aurait dû. Quoique l'on ne fût pas dans le mois anniversaire de la mort de son père, on se trouvait le jour anniversaire. Toute la famille alla faire une visite à sa tombe. Pour ne pas gêner le travail de Shinji, ils avaient choisi un moment avant le départ des bateaux et avant l'heure de classe du frère.

Shinji et son frère quittèrent la maison avec leur mère qui portait des baguettes d'encens et des fleurs pour tombes. Ils laissèrent leur porte ouverte : le vol était inconnu dans l'île.

Le cimetière était situé à quelque distance du

village sur une falaise basse dominant le rivage. A marée haute l'eau arrivait juste au pied de la falaise. Les pierres tombales se dressaient sur la pente inégale, quelques-unes d'entre elles plantées dans le sol sablonneux se penchaient.

L'aube n'était pas encore venue. Quoique le ciel commençât à s'éclairer dans la direction du phare, le village et le port qui regardaient le nord-ouest étaient encore plongés dans la nuit.

Shinji marchait en avant, portant une lanterne. Son frère se frottait les yeux bouffis de sommeil ; il tira sa mère par sa manche et dit :

— Aujourd'hui tu mettras bien quatre hagi [1] dans mon repas froid ?

— Tu en auras deux ! Si tu en mangeais seulement trois tu aurais mal au ventre.

— Oh ! dis ! j'en voudrais quatre !

Dans l'île on confectionnait du hagi le jour du Singe ou aux anniversaires de deuil. Ils étaient presque aussi gros qu'un oreiller [2].

Au cimetière le vent froid du matin soufflait par rafales irrégulières. La mer, là où elle était abritée par l'île, était sombre ; au large elle était teinte des lueurs de l'aurore. On pouvait voir indistinctement les montagnes entourant la

1. *Hagi :* riz broyé recouvert de haricots sucrés.
2. L'oreiller en question a la forme d'un petit cylindre allongé.

baie d'Ise. A la faible lueur de l'aube, les pierres tombales apparaissaient comme les voiles blanches de nombreux bateaux à l'ancre dans un port encombré. C'étaient des voiles que le vent ne gonflerait plus, des voiles qui, inutilisées trop longtemps et se penchant lourdement, avaient été transformées en pierre là où elles étaient. Les ancres des bateaux s'étaient plantées si profondément dans la terre sombre qu'elles ne pourraient jamais plus être relevées.

Arrivée devant la tombe du père, leur mère arrangea les fleurs qu'elle avait apportées, et après avoir frotté nombre d'allumettes que le vent éteignait toujours, elle finit par allumer l'encens. Puis elle fit faire une révérence à ses deux fils et s'inclina à son tour derrière eux en pleurant.

Il y avait au village un dicton : « Ne prends à bord ni une femme ni un prêtre. » Le bateau sur lequel le père était mort avait enfreint cette défense. Une vieille femme étant morte dans l'île vers la fin de la guerre, le bateau de la Coopérative avait emmené son corps à l'île Tôshi pour une autopsie.

Lorsque le bateau fut à environ trois milles d'Ujima il fut aperçu par un B 24 d'un porte-avions. Il reçut une bombe et fut mitraillé. Le mécanicien ordinaire du bateau n'était pas là et son remplaçant connaissait mal la machine.

C'était la fumée noire s'échappant de son moteur engorgé qui était devenue l'objectif de l'appareil ennemi. La cheminée fut crevée, le haut de la tête du père de Shinji fut emporté jusqu'aux oreilles. Une autre personne touchée à l'œil mourut aussitôt. Une autre reçut dans le dos une balle qui pénétra dans le poumon. Une autre fut atteinte au pied. Une autre encore, touchée aux reins, perdit tant de sang qu'elle mourut peu après.

Le pont, la cale étaient couverts de mares de sang. Le réservoir d'essence se répandit sur le sang. Plusieurs qui hésitaient à se coucher par terre dans ce magma furent atteints aux hanches. Quatre personnes restèrent sauves en se cachant dans la glacière à l'avant de la cale. Un homme qui s'était engagé dans un hublot à l'arrière du pont s'y était tellement serré que lorsqu'il voulut se dégager de cet espace étroit en revenant au port il ne le put en dépit de tous ses efforts. C'est ainsi que sur onze personnes, trois furent tuées et plusieurs blessées. Mais le corps de la vieille femme étendue sur le pont sur une natte de jonc n'avait pas reçu une seule balle.

— Le père était vraiment étonnant à la pêche aux lançons, dit Shinji en rappelant ce souvenir à sa mère. Tous les jours, j'étais battu aux points par lui. Les lançons n'avaient pas le temps de s'enfoncer qu'ils étaient sortis !

La pêche aux lançons se faisait dans le marais de Yohiro. Elle exigeait une habileté consommée. On employait une gaule flexible de bambou au bout de laquelle on attachait des plumes imitant un oiseau de mer poursuivant un poisson au fond de l'eau et l'opération durait une fraction de seconde.

— Oh ! oui ! dit la mère. La pêche aux lançons demande une grande habileté même chez un pêcheur exercé.

Hiroshi ne prenait aucun intérêt à la conversation entre sa mère et son aîné, il rêvait au voyage d'études qui devait avoir lieu dans dix jours seulement. Lorsque Shinji avait son âge, il était trop pauvre pour prendre part à ces excursions scolaires, alors maintenant il économisait sur son salaire pour payer les dépenses du voyage de Hiroshi.

Lorsque la famille eut fini de rendre hommage à la tombe, Shinji partit directement à la plage afin d'aider aux préparatifs de départ pour la pêche. Ils avaient convenu que sa mère retournerait à la maison et lui apporterait son repas froid avant le départ des bateaux.

Alors qu'il se hâtait vers le *Taihei-maru* le vent du matin lui apporta ces paroles de quelqu'un dans la foule :

— Il paraît que Kawamoto Yasuo va épouser Hatsue.

En entendant ces mots le cœur de Shinji fut
plongé dans un trou noir. Le *Taihei-maru* passa
de nouveau la journée à pêcher des poulpes.
Pendant les onze heures qui s'écoulèrent avant
la rentrée au port, Shinji n'ouvrit guère la
bouche et se donna totalement à la pêche. Mais
comme il parlait généralement peu, on ne
remarqua pas particulièrement son silence.

Rentré au port, le *Taihei-maru* accosta
comme d'habitude le bateau de la Coopérative
et lui remit son chargement de poulpes. Les
autres poissons étaient vendus par un intermé-
diaire et déchargés dans le « bateau acheteur »
ainsi qu'on appelait un bateau appartenant à un
mareyeur. Les dorades luisant aux rayons du
soleil couchant sautaient dans les caisses de
métal que l'on passait sur la balance.

Comme on était un jour de paie de dizaine,
Shinji et Ryûji suivirent le patron au bureau de
la Coopérative. Le poids de ce qu'ils avaient
pris au cours de la décade écoulée était de plus
de 150 kilos ; en déduisant la commission de
vente de la Coopérative, les dix pour cent
d'épargne obligatoire, les dépenses d'entretien,
il leur restait net 27 997 yen. Shinji reçut du
patron 4 000 yen pour sa part. Le profit était
bon car la pleine saison de pêche était passée.

Mouillant son doigt, Shinji compta les billets dans sa grosse main rude, il les remit dans leur enveloppe qui portait son nom et qu'il enfonça profondément dans la poche intérieure de sa veste. Puis il salua le patron et sortit. Le patron s'était approché du brasero avec le chef de la Coopérative et montrait fièrement un fume-cigarette qu'il avait sculpté lui-même dans un morceau de corail.

Le jeune homme avait l'intention de rentrer tout droit à la maison mais ses pieds le portèrent involontairement vers la plage qui s'assombrissait au crépuscule. On tirait sur le sable le dernier des bateaux. Il n'y avait que quelques hommes pour tourner le cabestan, alors deux femmes, qui d'ordinaire se bornaient à placer la glissière sous la quille, poussèrent le bateau par-derrière. On ne constatait aucun progrès. La plage était déjà sombre. Les collégiens qui aidaient d'ordinaire dans ce cas étaient invisibles. Shinji résolut de donner un coup de main.

A ce moment l'une des femmes qui poussaient la barque leva la tête et regarda dans la direction de Shinji. C'était Hatsue. Shinji n'avait pas envie de voir le visage de celle qui avait assombri son esprit toute la journée. Cependant ses pieds le portèrent vers la barque. Le visage de la jeune fille luisait dans la demi-obscurité, il voyait son front moite de sueur, ses joues roses, ses yeux noirs et brillants regardant fixement dans la direction où elle poussait le bateau. Shinji ne pouvait quitter des yeux son visage. Sans un mot il s'empara de la corde. Les hommes qui tournaient le cabestan lui dirent : « Grand merci ! » Les bras de Shinji étaient vigoureux. Le bateau monta immédiatement sur le sable. Les femmes emportant les glissières coururent à la débandade vers l'arrière. Une fois le bateau halé sur le sable, Shinji partit vers la maison sans regarder en arrière. Il avait terriblement envie de se retourner mais se maîtrisa.

Ouvrant la porte coulissante de sa maison, Shinji vit, éclairées par la faible lampe, les nattes devenues brunes avec les années. Son frère était couché sur le ventre, tenant un livre de classe sous la lumière. Sans retirer ses bottes de caoutchouc il se coucha sur le dos, la partie supérieure du corps seule sur les nattes.

— Sois le bienvenu, dit sa mère.

Shinji aimait à remettre son enveloppe de gain à sa mère sans dire un mot. Comme mère, elle comprenait et feignait toujours de ne pas se rappeler que l'on était un jour de paie. Elle savait que son fils aimait à voir son air surpris.

Shinji introduisit la main dans la poche intérieure de sa veste. L'argent n'y était pas.

Il chercha dans la poche du côté opposé. Il chercha dans la poche de son pantalon. Il fouilla même à l'intérieur de son pantalon. Il devait sûrement l'avoir laissé tomber sur la plage. Sans dire un mot il sortit en courant.

Quelques instants après son départ, on entendit quelqu'un à la porte. La mère alla voir. Elle trouva une jeune fille dehors dans l'obscurité.

— M. Shinji est-il à la maison?

— Il est revenu un instant mais il est reparti.

— J'ai ramassé ceci sur la plage, et comme le nom Shinji san est écrit dessus...

— Oh! Comme vous êtes aimable! Shinji doit être à la recherche de ceci!

— Vais-je aller le prévenir?

— Si vous le voulez bien. Merci mille fois.

La plage était maintenant complètement obscure. Les faibles lampes des îles de Tôshi et de Suga brillaient au-dessus de la mer. Assoupies sous la clarté des étoiles, les nombreuses barques de pêche étaient alignées, faisant fièrement face à la mer.

Hatsue crut voir la silhouette de Shinji mais il disparut derrière un bateau. Il était courbé vers le sol, cherchant dans le sable et n'avait apparemment pas vu Hatsue. Ils se rencontrèrent face à face dans l'ombre d'un bateau. Le jeune homme était debout, l'air absent.

Hatsue lui dit ce qui s'était passé, qu'elle était venue lui dire que son argent était déjà entre les mains de sa mère. Elle lui raconta encore que, ne connaissant pas l'emplacement de la maison de Shinji, elle avait dû demander à deux ou trois personnes à qui elle avait chaque fois montré l'enveloppe portant son nom de manière à ne pas éveiller leur curiosité.

Le jeune homme poussa un soupir de soulagement. Il sourit, ses jolies dents blanches apparaissant, dans l'obscurité. La poitrine de la jeune fille se soulevait et s'abaissait profondément. Shinji pensa à l'opulente houle bleu foncé du large. L'inquiétude angoissante qui le tenait depuis le matin disparut. Tout son courage lui revint.

— J'ai entendu dire que vous alliez épouser Kawamoto Yasuo. Est-ce vrai ?

La question lui avait jailli tout naturellement de la bouche.

La jeune fille éclata de rire. Elle rit de plus en plus fort, jusqu'à en suffoquer. Shinji voulait l'arrêter, mais il ne savait comment. Il posa sa main sur son épaule. Il n'appuya pas fort mais Hatsue s'écroula dans le sable en riant de plus belle.

— Qu'y a-t-il ? Qu'y a-t-il ?

Shinji s'accroupit auprès d'elle et lui secoua les épaules. La jeune fille cessa de rire. Elle regarda Shinji droit dans les yeux. Puis elle pouffa de nouveau. Shinji avança la tête et demanda :

— Est-ce vrai ?

— Mais c'est un gros mensonge !

— Tout de même, la rumeur en court bien.

— C'est un gros mensonge !

Tous deux étaient assis à l'ombre du bateau, leurs mains enveloppant leurs genoux.

— Ah ! j'en ai mal de rire. J'en ai mal ici..., dit-elle en se pressant la poitrine.

Les rayures de son vêtement de travail aux couleurs fanées s'agitaient à l'endroit où elles se croisaient sur les seins.

— C'est là que cela me fait mal !

— Est-ce sérieux ? dit Shinji qui sans y penser mit la main à l'endroit.

— Quand vous pressez, cela va un peu mieux, dit la jeune fille. Le cœur de Shinji se mit à battre très vite. Leurs joues s'étaient beaucoup rapprochées. Ils respiraient l'un l'autre leur odeur qui fleurait fortement l'eau de mer. Ils sentaient leur chaleur mutuelle. Leurs lèvres, sèches, gercées se touchèrent. Elles avaient le goût du sel. Shinji crut leur trouver le goût des algues.

Ce moment passa. Le garçon s'écarta et se

leva, poussé par le remords que lui donnait la première expérience de sa vie.

— Demain après la pêche j'irai porter du poisson au gardien du phare, annonça Shinji après avoir regardé la mer et repris avec dignité une attitude d'homme.

— Moi aussi j'irai chez le gardien du phare auparavant, répondit la jeune fille en regardant du côté de la mer.

Ils se séparèrent, partant chacun d'un côté de la rangée des barques ; Shinji prit tout droit le chemin menant à sa maison, mais il remarqua que la jeune fille ne reparaissait pas de derrière les bateaux. Puis il aperçut son ombre derrière la dernière barque ; il comprit qu'elle se cachait là.

— Je vois parfaitement votre ombre, dit Shinji pour la prévenir.

Brusquement la figure d'une jeune fille habillée de vêtements de travail grossiers à rayures bondit comme un gibier pourchassé et partit à toute allure à travers la plage sans regarder en arrière.

CHAPITRE VI

Quand il fut rentré de la pêche le lendemain, Shinji se mit en chemin vers la demeure du gardien du phare, porteur de deux minous d'une vingtaine de centimètres attachés par les ouïes à une corde de paille. Il était déjà monté derrière le temple de Yashiro lorsqu'il se rappela qu'il n'avait pas encore adressé au dieu une prière de remerciement pour l'avoir comblé si rapidement. Il fit le tour pour se présenter devant le temple et pria avec dévotion.

Sa prière finie Shinji contempla la baie d'Ise qui brillait déjà au clair de lune et respira profondément. Des nuages flottaient sur l'horizon, faisant penser aux dieux des premiers âges.

Le jeune homme se sentait en parfaite harmonie avec la nature opulente qui l'entourait. Il avait soupiré profondément parce qu'il pensait qu'une partie de l'invisible qui constitue cette nature s'infiltrait jusqu'au tréfonds de son être. Il pensait que le tumulte des vagues qu'il entendait correspondait aux battements de son jeune sang. Il est certain que s'il ne sentait pas le besoin de musique dans sa vie de tous les jours, c'était parce que la nature pourvoyait à ce besoin.

Shinji souleva les minous à hauteur de ses yeux et tira la langue à leur vilaine tête épineuse. Les poissons vivaient encore mais ne faisaient plus le moindre mouvement. Shinji saisit l'un d'eux, lui perça les branchies et le lança en l'air. Ainsi le jeune homme s'amusait-il en route de peur d'arriver trop tôt à l'heureux rendez-vous.

Le gardien du phare et sa femme avaient accueilli Hatsue, la nouvelle venue, avec une grande cordialité. Au moment où son mutisme pouvait faire penser à un manque d'amabilité, on la voyait soudain se mettre à rire comme une enfant. Si elle semblait avoir parfois l'esprit dans les nuages elle n'en était pas moins prévenante. Quand l'heure de se retirer était venue après une leçon d'étiquette, le premier soin de Hatsue était de débarrasser les tables des coupes dans lesquelles elles avaient pris le thé et tout en les lavant elle aidait la femme du gardien à laver sa vaisselle tandis que les autres filles ne faisaient pas attention à ces soins.

Le ménage du gardien n'avait qu'un enfant,

une fille, qui étudiait à l'Université de Tôkyô.
Elle ne revenait à la maison que pendant les
vacances, aussi regardaient-ils ces filles du
village qui venaient si souvent chez eux comme
leurs propres enfants. Ils s'intéressaient vivement au sort de ces filles et quand la chance
favorisait l'une d'elles ils s'en réjouissaient
comme s'ils avaient été touchés aussi.

Le gardien du phare avait trente ans de
métier. Il était craint des enfants du village à
cause de son air sévère et de la voix tonnante
qu'il prenait pour faire peur aux garnements
qui s'introduisaient dans le phare pour l'examiner, mais son cœur était foncièrement bon. La
solitude lui avait fait perdre le sentiment que
des hommes pouvaient avoir de mauvaises
intentions. Au phare tous les visiteurs étaient
cordialement reçus. Certes, personne ne serait
venu du village éloigné jusqu'au phare en
dissimulant de mauvaises intentions et de tels
sentiments se seraient sûrement évanouis
devant l'hospitalité sans réserve qu'on y recevait. Comme le gardien le répétait souvent :
« Les mauvaises intentions ne peuvent voyager
aussi loin que les bonnes. »

Sa femme aussi était vraiment très bien.
Jadis elle avait été institutrice dans une école de
filles de la campagne. Les longues années de vie
passées dans les phares lui avaient donné de

65

plus en plus l'habitude de lire. Elle avait sur tout une connaissance encyclopédique. Elle savait que la Scala était à Milan, elle savait que telle vedette de cinéma s'était récemment foulé la cheville droite en tel ou tel lieu. Elle sortait toujours vainqueur dans ses argumentations avec son mari, ce qui ne l'empêchait pas ensuite de raccommoder ses chaussettes ou de préparer le dîner. Lorsque des visiteurs venaient, elle bavardait avec eux d'une manière continue. Parmi les gens du village qui l'écoutaient, fascinés par son éloquence, certains la comparaient défavorablement avec leurs femmes taciturnes et regardaient le gardien avec une compassion déplacée. Mais ils avaient le plus grand respect pour le savoir de sa femme.

Sa maison était un rez-de-chaussée de trois pièces. Tout y était entretenu, astiqué comme le phare lui-même. Le calendrier d'une compagnie de navigation était pendu au mur. Les cendres du brasero dans la pièce de séjour étaient soigneusement nivelées. Dans un coin de la pièce de réception était placée la table de la fille quand elle était absente, ornée d'une poupée française ; sa surface polie reflétait le verre bleu d'un plumier vide. Derrière la maison était installé un bain à bouilleur chauffé par le gaz provenant des lies des huiles de graissage du phare. En contraste avec les maisons crasseuses des pêcheurs il n'y avait pas jusqu'aux torchons de cuisine indigo toujours fraîchement lavés qui ne fissent bonne impression.

Le gardien passait la plus grande partie de la journée près du foyer, fumant des cigarettes « Vie nouvelle » qu'il plaçait dans sa longue pipe de métal. Pendant le jour le phare était éteint, un jeune aide restant dans la pièce de guet pour signaler les mouvements des bateaux.

Vers le soir, quoique ce ne fût pas un jour de leçon, Hatsue vint faire une visite, apportant en présent des ormiers enveloppés dans un journal. Sous sa jupe de serge bleue elle portait de longs bas de coton couleur chair dans ses sandales rouges. Son sweater était celui qu'elle portait d'habitude, vermillon.

Dès qu'elle fut entrée, la femme du gardien lui dit d'une voix franche :

— Quand vous portez une jupe de serge bleue vous devriez mettre des bas noirs, Hatsue ; vous devez en avoir puisque vous en portiez l'autre jour.

— Oui, dit Hatsue en rougissant légèrement et s'asseyant près du brasero.

Aux leçons régulières d'étiquette et de soins ménagers, toutes les filles écoutaient attentivement et la femme du gardien parlait d'un ton de maîtresse qui donne sa leçon mais maintenant, assise à côté de Hatsue près du feu, elle parla d'une manière affable.

Ayant devant elle une jeune fille, elle glissa des propos généraux qu'elle lui tenait sur l'amour, à cette question : « Y a-t-il quelqu'un que vous aimiez ? » En voyant la jeune fille embarrassée et qui balbutiait, le gardien posa à son tour des questions indiscrètes.

Lorsque le jour commença à s'assombrir le vieux ménage l'engagea plusieurs fois à descendre pour aller dîner. Hatsue répondit qu'elle devait s'en retourner pour ne pas faire attendre son père resté seul. Mais c'est elle qui suggéra au vieux couple de les aider à préparer leur repas.

Jusque-là elle était restée assise sans toucher aux gâteaux sortis à son intention, très rouge, regardant obstinément par terre mais dès qu'elle fut partie à la cuisine, elle redevint gaie. Tout en coupant en tranches les ormiers, elle se mit à chanter la chanson traditionnelle d'Ise qui, sur l'île, accompagnait les danses de la Fête des Morts ; elle l'avait apprise la veille de sa tante.

*Des commodes, des coffres à habits, des coffrets à
     ciseaux*
Puisque tu emportes tout cela, ma fille,

Ne pense jamais à rentrer à la maison.
Mais, maman, tu m'en demandes trop.
Quand le ciel est couvert à l'est, il ventera
Quand le ciel est couvert à l'ouest, il pleuvra
Même quand un bateau part chargé de mille pierres
Si le bon vent tourne, Yoi Sora !
Il s'en revient.

— Oh ! Vous avez déjà appris cette chanson, Hatsue ! dit la gardienne. Voilà déjà trois ans que nous sommes arrivés dans cette île, et je ne la sais pas tout entière.

— Eh bien, elle ressemble à celle que nous chantions à Oizaki, dit Hatsue.

A ce moment des pas se firent entendre audehors dans l'obscurité et une voix appela :

— Bonjour.

— Ce doit être Shinji san, dit la gardienne en passant sa tête par la porte de la cuisine. Et puis : Encore du poisson ! Merci ! Père, c'est Kubo san qui nous apporte de nouveau du poisson.

— Merci encore, dit le gardien sans s'éloigner du feu.

— Entre donc, Shinji.

Pendant la confusion qui régnait, Shinji et Hatsue échangèrent un regard. Shinji sourit. Hatsue sourit. Mais la gardienne se retourna brusquement et surprit les sourires des deux jeunes gens.

— Ah ! Vous vous connaissez ? Hm... c'est que ce village est petit. Tant mieux. Entrez donc, Shinji san. A propos, nous avons reçu une lettre de Chiyoko, de Tôkyô. Elle demandait tout spécialement de vos nouvelles, Shinji san. Il n'est pas douteux que Chiyoko aime Shinji san. Comme elle va venir bientôt pour les vacances de printemps, vous viendrez la voir à l'occasion.

Shinji était sur le point d'entrer un moment mais à ces mots son nez s'allongea. Hatsue retourna à l'évier et ne reparut pas. Le jeune homme recula dans l'obscurité. Quoique rappelé plusieurs fois il ne revint pas ; de loin il salua puis tourna les talons.

— Ce Shinji san, il est réellement trop timide, n'est-ce pas, Père ? dit la gardienne en riant.

Son rire resta sans écho dans la maison. Ni le gardien, ni Hatsue ne sourirent.

Shinji attendait Hatsue au point où le sentier contourne la « Colline de la Femme ». En ce point l'obscurité enveloppant le phare n'atteignait pas encore la faible clarté du soleil couchant. Bien que l'ombre des pins fût rendue deux fois plus opaque, la mer qui était en bas jetait une dernière clarté. Toute la journée le premier vent d'est avait soufflé de la mer et même maintenant que la nuit tombait il ne piquait pas le visage.

Après qu'il eut contourné la « Colline de la Femme » le vent cessa complètement et Shinji ne pouvait apercevoir que des traits de lumière tombant des trous entre les nuages dans le calme crépuscule.

Regardant en bas la mer il aperçut le petit cap qui se projetait vers le large en limitant l'autre côté du port d'Utajima. A la pointe du cap émergeaient par intermittence de nombreux rochers qui pulvérisaient les vagues blanches. La région du cap était encore nettement éclairée. A la pointe se dressait le tronc d'un pin rouge qui baignait dans un reste de lumière et qui apparaissait nettement aux yeux perçants du jeune homme. Subitement l'arbre fut privé des derniers rayons de jour, les nuages devinrent noirs et les étoiles commencèrent à briller au-dessus du mont Higashi.

Shinji appliqua son oreille contre un rocher qui saillait et entendit le bruit de pas courts et rapides s'approchant sur le sentier de gravier qui descendait des marches de pierre de l'entrée de la maison du gardien. Par malice il voulut se cacher là et faire peur à Hatsue quand elle arriverait. Cependant, lorsque les gentils bruits de pas se rapprochèrent de plus en plus, il eut honte d'effrayer la jeune fille. Au contraire pour lui faire savoir qu'il était là, il siffla quelques passages de la chanson d'Ise qu'elle avait chantée tout à l'heure.

Quand le ciel est couvert à l'est, il ventera,
Quand le ciel est couvert à l'ouest, il pleuvra.
Même quand un bateau part chargé de mille
pierres...

Hatsue contourna la « Colline de la Femme » puis sans remarquer la présence de Shinji, elle poursuivit son chemin du même pas. Shinji courut après elle.

— Holà ! holà !

Mais la jeune fille ne se retourna pas. Ne pouvant rien faire d'autre, Shinji la suivit sans rien dire.

Le sentier entrant dans un bois de pins était sombre et raide. La jeune fille éclairait sa route avec une lampe de poche. Elle ralentit le pas et avant qu'elle s'en doutât Shinji marchait devant elle.

Elle poussa un petit cri. Le rayon de sa lampe de poche se leva soudain du pied des arbres vers la cime, comme un oiseau effarouché ; le jeune homme fit brusquement demi-tour puis il souleva la jeune fille qui avait roulé par terre.

Tout en se disant que les circonstances l'avaient forcé à agir, il eut honte de l'avoir

guettée, de s'être signalé en sifflant, de l'avoir
suivie et, en relevant la jeune fille, il se reprocha
de s'être mal conduit. Ne tentant pas de répéter
la caresse de la veille il brossa la boue du
kimono avec autant de gentillesse que s'il avait
été son frère aîné. Comme la terre était à moitié
sablonneuse, aussitôt sèche, tout alla bien.
Heureusement elle n'avait aucun mal. Pendant
ce temps Hatsue restait debout sans bouger,
comme une enfant, s'appuyant de la main sur la
robuste épaule de Shinji. Elle chercha autour
d'elle la lampe de poche qui lui avait échappé.
Elle était par terre derrière eux, jetant encore
un faible rayon en éventail, éclairant le sol
couvert d'aiguilles de pin. Ce faible point
lumineux était étouffé par le profond crépuscule de l'île.

— Elle était là ! Elle a dû tomber derrière
moi quand je suis tombée ! dit la jeune fille
riant de bonne humeur.

— Pourquoi vous êtes-vous mise en colère ?
lui demanda Shinji bien en face.

— C'est à cause de Chiyoko san.

— Oh !

— Il n'y a rien de vrai ?

— Rien du tout.

Ils partirent côte à côte, Shinji tenant la
lampe de poche et guidant Hatsue le long du
sentier difficile comme s'il avait été pilote d'un

bateau. Ils n'avaient pas de sujet de conversation, aussi Shinji, silencieux d'ordinaire, rompit le silence en bégayant :

— Pour moi, je voudrais acheter un jour un cargo caboteur avec l'argent que j'aurai économisé sur mon travail et avec mon frère transporter des bois de Kishû et du charbon de Kyûshû. Alors j'assurerai une vie confortable à ma mère et lorsque je serai vieux je reviendrai dans l'île et vivrai tranquillement aussi. Où que me portent mes voyages, je n'oublierai pas l'île. Les paysages de l'île sont les plus beaux du Japon. (Tout le monde à Utajima avait la même conviction.) J'ai l'intention de faire tous mes efforts pour rendre la vie de notre île la plus paisible que l'on puisse trouver, la plus heureuse qui soit... Parce que si nous ne faisons pas cela, personne ne pensera à l'île, quels que soient les progrès amenés par le temps. Les mauvaises habitudes s'évanouiront avant d'atteindre l'île. La mer seule apporte à l'île les bonnes choses dont elle a besoin ; elle protège les bonnes choses que nous conservons dans l'île... C'est pourquoi il n'y a pas un voleur dans l'île... mais des gens honnêtes, sincères, vaillants, toujours prêts à travailler sérieusement quoi qu'il arrive. Des gens dont l'amour n'est jamais à double face, des hommes qui n'ont rien de bas en eux.

Naturellement, tout cela était dit sans logique, sans ordre, par lambeaux décousus, mais c'est approximativement ce que le jeune homme dit à Hatsue avec une rare facilité d'élocution. Hatsue ne répondait pas mais acquiesçait de la tête à chaque phrase. Sans jamais paraître ennuyé, son visage exprimait franchement la sympathie et la confiance, ce qui comblait Shinji de joie. Le jeune homme ne voulait pas qu'elle le crût frivole ; à la fin de sa conversation sérieuse, il omit à dessein de parler de l'espoir important qu'il avait exprimé dans sa prière au dieu de la mer quelques soirs auparavant. Aucun obstacle n'était devant eux ; le sentier continuait, les cachant dans l'ombre épaisse des arbres, mais cette fois Shinji ne tint même pas Hatsue par la main et l'idée de l'embrasser lui vint encore moins. Ce qui s'était passé la veille sur la plage obscure n'avait pas été fait de leur propre volonté. C'était une chose imprévue, causée par une force extérieure à eux. Comment était-ce arrivé ? C'était un mystère. C'est tout juste s'ils se promirent de se rencontrer à l'observatoire dans l'après-midi du prochain jour où il n'y aurait pas de pêche.

Arrivés derrière le temple de Yashiro, un léger soupir échappa à Hatsue qui s'arrêta. Shinji s'arrêta aussi.

Le village s'était tout à coup éclairé de

brillantes lumières. C'était comme l'ouverture d'une fête splendide sans aucun bruit ; chaque fenêtre étincelait d'une lumière éclatante et fixe qui ne ressemblait en rien à la lumière fuligineuse et vacillante des lampes à huile. C'était comme une résurrection du village qui serait monté dans la nuit noire en flottant. La dynamo qui était en panne depuis longtemps avait été réparée.

Avant le village ils prirent des chemins différents. Hatsue descendit seule les marches de pierre éclairées enfin par les réverbères.

CHAPITRE VII

Le jour où Hiroshi, le jeune frère de Shinji, devait partir en voyage scolaire était arrivé. C'était une tournée dans la région Kyôto-Osaka d'une durée de six jours dont cinq nuits hors de la maison. C'était ainsi que la jeunesse d'Utajima qui n'avait jamais quitté l'île apprenait d'un seul coup à connaître de ses yeux le vaste monde extérieur. Jadis les écoliers de l'autre génération avaient traversé l'eau pour faire à l'intérieur du pays ces voyages et ils avaient écarquillé les yeux devant les premiers omnibus en s'écriant : « Regardez ! un gros chien qui traîne les latrines ! »

Les enfants de l'île tiraient leurs premières visions sur le monde extérieur des dessins ou des explications de leurs livres de classe et non des objets eux-mêmes de ce monde. Combien il devait leur être difficile de concevoir sinon en se les imaginant ce qu'étaient les tramways, les

77

grands immeubles, les usines, les chemins de fer souterrains.

Mais ensuite, après avoir été en contact avec les choses réelles, après que la fraîcheur de leur étonnement se fut dissipée, ils s'apercevaient clairement de l'inutilité des idées qu'ils s'étaient faites de ces choses, d'autant plus que pendant leur longue vie passée dans l'île, même s'ils y repensaient, ils ne pouvaient plus voir ni l'enchevêtrement bruyant des tramways circulant dans les rues d'une ville ni tant d'autres choses.

Le voyage scolaire était l'occasion pour le temple de Yashiro de vendre beaucoup de talismans. Les mères s'exposaient tout naturellement dans leur vie de chaque jour aux dangers et à la mort que la mer tenait cachés mais quand il s'agissait d'envoyer leurs enfants en excursion vers les villes gigantesques qu'elles n'avaient jamais vues, elles avaient le sentiment qu'elles les embarquaient dans des aventures pleines de périls où ils risqueraient la mort.

La mère de Hiroshi s'était efforcée d'avoir deux œufs avec lesquels elle prépara une omelette extrêmement salée pour le repas froid de son fils. Elle cacha au plus profond de son sac d'écolier des caramels et des fruits.

Ce jour-là seulement, le bateau faisant la liaison avec la terre, le *Kamikaze-maru*, partit d'Utajima à treize heures, ce qui était inaccoutumé. Le vieux capitaine de ce teuf-teuf qui n'avait pas vingt tonnes respectait l'horaire avec une rigueur inflexible et il était farouche sur l'heure du départ mais l'année était arrivée où son fils devait prendre part au voyage scolaire. Alors il comprit que si le bateau arrivait à Toba trop en avance pour le train, les enfants gaspilleraient leur argent et il avait consenti à contrecœur à laisser l'école fixer l'heure du départ comme elle l'entendait.

La cabine et le pont du *Kamikaze-maru* débordaient d'écoliers, le sac et le bidon se croisant en bandoulière sur la poitrine. Les maîtres conduisant l'excursion étaient terrorisés par l'affluence des mères sur la jetée. A Utajima la position des maîtres dépendait des dispositions des mères à leur égard. Un maître avait été stigmatisé par les mères comme communiste et chassé de l'île. Un autre, qui était populaire parmi les femmes, fut promu à la situation d'adjoint au premier maître bien qu'il eût rendu mère une institutrice.

C'était le début d'un après-midi d'une journée presque printanière. Dès que le bateau commença à bouger, toutes les mères se mirent à appeler chacune son enfant. Les garçons, la jugulaire au menton, attendirent et quand ils jugèrent que l'on ne pouvait plus distinguer leurs visages ils se tournèrent vers le port et crièrent des plaisanteries et des injures. « Ohé ! Tas d'idiots ! » « Le diable vous emporte ! » Le bateau rempli d'uniformes noirs continua d'envoyer vers le rivage l'éclat des insignes des casquettes et des boutons dorés jusqu'à ce qu'il se fût éloigné à bonne distance.

La mère de Hiroshi rentrée dans sa maison silencieuse, sombre même en plein jour, s'assit sur les nattes et pleura en pensant au jour où ses deux fils la quitteraient pour de bon et s'en iraient en mer.

Le *Kamikaze-maru* ayant débarqué les élèves sur le quai du port de Toba en face de l'île des Perles [1] reprit son air bon enfant, rustique ; il s'apprêta à retraverser vers Utajima.

La vieille chaudière à vapeur était coiffée d'un seau. Des reflets d'eau tremblaient sur la proue et sur les grands casiers à poissons pendus au quai ; on apercevait par-dessus les eaux un entrepôt portant en grandes lettres blanches « Glace », sur fond gris.

Chiyoko, la fille du gardien du phare, était au bout de la jetée, un sac fourre-tout pendu négligemment à son bras. Cette fille peu sociable s'en retournait dans l'île après une

1. Ainsi appelée parce qu'une société y cultive des huîtres perlières.

longue absence. Il lui déplaisait d'engager une conversation avec les gars de l'île. Elle ne se mettait jamais de poudre et son visage passait d'autant plus inaperçu qu'elle portait un simple costume d'un bleu foncé. Il y avait dans son visage embrumé mais aux yeux et au nez bien dessinés un rayonnement sans apprêt qui pouvait attirer certains hommes. Malgré tout Chiyoko avait une expression toujours mélancolique. Elle s'obstinait à penser qu'elle n'était pas jolie. En ce moment, c'était là le résultat le plus notable de l'éducation qu'elle avait reçue à l'Université de Tôkyô. Toutefois, la pensée qu'elle n'était pas attrayante parce qu'elle avait des traits qui ne sortaient pas de l'ordinaire était peut-être aussi présomptueuse que si elle avait été convaincue qu'elle était une beauté accomplie.

Son brave homme de père avait contribué sans le savoir à cette conviction mélancolique de sa fille. Elle se plaignait toujours si ouvertement qu'elle avait hérité de la laideur de son père qu'un jour, se trouvant dans la pièce voisine, l'honnête gardien du phare avait murmuré devant ses invités ces paroles déraisonnables :

— Ah ! Je suis bien ennuyé de voir que ma fille qui est grande maintenant ne soit guère belle. Je suis si laid moi-même que je m'en

crois responsable. Mais, que voulez-vous, c'est
la destinée.

Quelqu'un frappa sur l'épaule de Chiyoko
qui se retourna. C'était Kawamoto Yasuo, le
président de l'Association des jeunes gens. Il
était là, debout, riant, sa veste de cuir luisant
au soleil.

— Eh bien! Que votre retour soit le bienvenu! Vacances de printemps, n'est-ce pas ?

— Oui. Les examens se sont terminés hier.

— Et vous êtes revenue sucer un peu du lait
maternel ?

La veille, le père de Yasuo avait envoyé son
fils pour discuter des affaires de la Coopérative
avec les autorités de la préfecture de Tsu. Il
avait passé la nuit à Toba dans un hôtel tenu
par des parents et maintenant il reprenait le
bateau pour Utajima. A une étudiante de
l'Université de Tôkyô il parlait avec fierté le
japonais standard et non le dialecte de l'île.
Chiyoko avait l'impression que l'attitude déli-
bérée et enjouée de ce jeune homme du même
âge qu'elle semblait dire : « Il n'est pas douteux que cette fille me trouve à son goût. »
Cette impression fit qu'elle se replia encore
plus sur elle-même.

Une fois encore, c'est bien cela, se dit-elle.

Sous l'influence des films qu'elle avait vus et des romans qu'elle avait lus à Tôkyô elle souhaitait trouver au moins une fois un homme qui la regarderait avec une expression dans les yeux disant : « Je t'aime. » Mais elle avait décidé qu'elle ne ferait jamais cette expérience dans sa vie.

Du *Kamikaze-Maru* une voix rude cria : « Hoho ! Amenez-moi ce tas de couvertures et dégrouillez-vous ! » Bientôt un homme arriva sur le quai portant sur ses épaules un gros ballot de couvertures à dessins imprimés qui avaient été laissées sur le quai à moitié ensevelies dans l'ombre du hangar.

— Le bateau va partir, dit Yasuo.

Lorsqu'ils enjambèrent pour passer du quai sur le bateau, il prit la main de Chiyoko pour l'aider à passer. Chiyoko sentit la différence entre cette main de fer et les mains des hommes de Tôkyô. Mais elle s'imagina que c'était la main de Shinji qu'elle sentait, une main que pourtant elle n'avait jamais serrée.

Ils jetèrent un coup d'œil par la petite fenêtre du plafond de la cabine des passagers et ils aperçurent autant que leurs yeux accoutumés à la lumière du dehors le leur permettait des hommes étendus et dormant sur les nattes, une serviette nouée autour de leur tête, ou l'éclat fugitif de lunettes réfléchissant la lumière.

— Le pont est préférable, même s'il y fait un peu froid, il vaut mieux y rester.

Yasuo et Chiyoko se mirent à l'abri du vent derrière la passerelle et s'assirent en s'accotant à un tas de cordes lovées.

Le jeune adjoint du capitaine au langage cru leur dit :

— Dites donc, vous ne pourriez pas lever un peu vos fesses ?

Et il retira une planche qui était sous eux. Ils étaient assis sur le panneau fermant la cabine des passagers.

En haut, sur la passerelle aux parois dont la peinture usée, écaillée, montrait à moitié le bois par-dessous, le capitaine sonna la cloche. Le *Kamikaze-maru* partit.

S'abandonnant à la trépidation du vieux moteur ils regardaient tous deux le port de Toba qui s'éloignait. Yasuo aurait volontiers fait allusion à la fugue qu'il avait faite la veille pour se payer une femme mais il y renonça car, s'il avait appartenu à un village ordinaire de cultivateurs ou de pêcheurs, son expérience avec les femmes eût été un prétexte à vantardise mais dans la pure Utajima il devait rester bouche close. Tout jeune qu'il était, il avait déjà appris l'hypocrisie.

Chiyoko pariait en elle-même sur l'instant où une mouette volerait plus haut que le pylône de fer du trolley qui passait devant la station de Toba. Cette fille qui, par raison, n'avait jamais eu une aventure à Tôkyô, espérait chaque fois qu'elle retournait dans l'île que quelque chose de merveilleux lui arriverait, quelque chose qui changerait complètement le monde où elle vivait.

Lorsque le bateau fut à bonne distance du port de Toba, il semblait qu'il eût été facile même à une mouette volant au plus bas, de monter plus haut que le pylône lointain. Mais le pylône se dressait toujours très haut. Chiyoko regarda de près l'aiguille des secondes de la montre attachée à son poignet par une courroie de cuir rouge.

« Si dans les trente secondes qui suivent, une mouette vole plus haut que le pylône, c'est que quelque chose d'extraordinaire m'attend. » Cinq secondes passèrent. Une mouette qui avait accompagné le bateau monta soudain dans l'air en battant des ailes et dépassa le pylône. Avant que son sourire ne pût être remarqué, Chiyoko rompit le silence.

— Y a-t-il quelque chose de nouveau dans l'île ?

Le bateau passait à bâbord de l'île de Sakate. La cigarette de Yasuo était devenue si courte qu'elle lui brûlait les lèvres. Il l'écrasa sur le pont et répondit :

— Rien de particulier... Oh ! si. La dynamo était en panne jusqu'à il y a une dizaine de jours et tout le village employait des lampes à huile mais elle est réparée maintenant.

— Oui, ma mère me l'a écrit.

— Ah oui ? Eh bien, comme autre nouvelle à vous raconter...

Yasuo plissait les yeux sous la réverbération de la mer que la lumière du printemps inondait. Le garde-côte *Hiyodori-maru* passa à une dizaine de mètres d'eux en route vers le port de Toba.

— Ah ! J'oubliais ! L'oncle Miyata Teru a fait revenir sa fille à la maison. Elle s'appelle Hatsue. C'est une vraie beauté.

— Vraiment ?

A ces mots de vraie beauté, le visage de Chiyoko s'assombrit. Ces seuls mots semblaient contenir une critique à son égard.

— Je plais à l'oncle Teru. Comme il y a mon frère aîné pour devenir chef de notre famille, tout le monde dans le village dit que je serai sûrement choisi pour épouser Hatsue et être adopté dans sa famille.

Le *Kamikaze-maru* laissa l'île de Suga à tribord et l'île de Tôshi à bâbord. Quand on avait passé ces deux îles qui encadraient le détroit, quelque calme que fût le temps, des vagues furieuses faisaient craquer les membru-

res du bateau. A partir de ce point de nombreux cormorans nageaient dans le creux des
vagues. Plus loin vers l'océan on apercevait les
rochers des hauts-fonds d'Oki.

Yasuo fronça les sourcils et détourna ses
regards de la vue de ces hauts-fonds qui
rappelaient à Utajima une humiliation unique.
Le droit de pêche, à cet endroit où le sang d'un
jeune homme d'Utajima avait été versé au cours
de vieilles rivalités, avait été rendu à l'île de
Tôshi.

Chiyoko et Yasuo se levèrent et regardant à
travers la passerelle peu élevée attendirent que
la forme d'une île apparût.

Comme toujours, Utajima se montra à l'horizon sous la forme vague d'un casque mystérieux. Le bateau pencha sous les vagues et le
casque parut pencher avec lui.

CHAPITRE VIII

Il n'arrivait pas de jour où l'on ne pêchât pas. Or, le surlendemain du départ de Hiroshi pour l'excursion scolaire, l'île fut atteinte par une tempête qui interdisait toute sortie aux bateaux. On pensa qu'il ne resterait pas un seul bouton sur les maigres cerisiers de l'île qui commençaient à fleurir. La veille, un vent exceptionnellement humide pour la saison avait gonflé les voiles et au coucher du soleil le ciel s'était embrasé de manière surprenante. La mer s'enfla d'une forte houle ; le rivage gronda ; les cloportes de mer, les vers dango, se hâtaient de monter vers les endroits plus élevés. Pendant la nuit un grand vent souffla mêlé de pluie. Du ciel et de la mer arrivait comme l'écho de plaintes et de sifflements.

Shinji entendit de sa couche ces voix de l'orage. Il comprit que la pêche serait aujourd'hui en chômage. Le temps serait même trop mauvais pour réparer les engins de pêche ou pour corder des câbles. L'Association des jeunes gens ne pourrait même probablement pas effectuer son travail de dératisation.

Ne voulant pas réveiller sa mère dont la respiration sur la couche voisine lui indiquait qu'elle dormait encore, le fils attentionné qu'était Shinji restait au lit, songeur, attendant vainement la première lueur grise à la fenêtre. La maison était terriblement secouée, la fenêtre gémissait. Une tôle enlevée d'on ne sait où tomba avec un grand fracas. Toutes les maisons d'Utajima aussi bien les grandes que les petites ne comprenant qu'un rez-de-chaussée telles que celle de Shinji étaient construites de même : à gauche de l'entrée de terre battue les toilettes, à droite la cuisine. L'odeur qui dominait dans la maison plongée dans la demi-obscurité de l'aube, exposée à un vent fou, était l'odeur des toilettes qui flottait tranquillement dans l'air, suffocante, froide, obsédante.

La fenêtre qui regardait le mur du magasin en torchis de la maison voisine prit lentement une teinte grise. Shinji leva les yeux vers la pluie qui tombait à seaux, battant les avant-toits et ruisselant sur les vitres.

Auparavant, Shinji détestait une journée sans pêche parce qu'elle le privait du plaisir de travailler et du gain rapporté, mais aujourd'hui elle lui apparaissait comme un jour de fête splendide. Pourtant ce n'était pas un jour de fête sous un ciel bleu, avec des drapeaux et des ballons dorés étincelants. C'était un jour de fête avec une mer en furie, un vent qui hurlait en passant dans les cimes des arbres.

Incapable d'attendre, le jeune homme bondit hors du lit, enfila un pantalon, mit un sweater noir au col roulé et plein de trous.

Bientôt sa mère s'éveilla et apercevant la silhouette d'un homme contre la fenêtre que l'aube commençait à éclairer, elle poussa un cri.

— Holà! Qui est là? cria-t-elle.

— C'est moi.

— Oh! Ne me fais pas peur! Est-ce que tu pars à la pêche par un temps pareil? Si vous ne pêchez pas, tu ferais bien de dormir encore. Eh bien, j'ai cru que c'était un étranger qui était là!

La première impression qu'avait eue la mère en s'éveillant était juste. Son fils avait vraiment tout à fait l'air d'un étranger. Shinji qui, d'ordinaire, était avare de paroles, chantait à pleine voix. Il se suspendit au linteau de la porte et fit des mouvements de gymnastique.

La mère, craignant qu'il ne démolît la maison et ignorante des raisons qui dictaient la conduite de son fils, grommela:

— S'il y a de la tempête dehors, ce n'est pas la peine d'en faire ici.

Shinji ne cessait de lever les yeux vers l'horloge enfumée appuyée au mur. Son cœur n'était pas habitué au doute, il ne se demanda pas un instant si la fille braverait l'ouragan pour tenir sa promesse de venir au rendez-vous. Comme il manquait d'imagination il ne connaissait pas l'art efficace de tuer le temps grâce à une imagination qui grossit et complique les sentiments d'inquiétude ou de joie.

Lorsqu'il fut incapable de supporter plus longtemps l'attente, Shinji mit un imperméable de caoutchouc et descendit vers la mer. Il lui semblait que la mer seule voudrait bien répondre à sa muette conversation.

Des vagues furieuses passaient haut par-dessus le brise-lames et s'écrasaient dans un fracas terrible. En raison de l'avertissement qu'avait donné la tempête la veille au soir tous les bateaux avaient été tirés sur le rivage beaucoup plus haut que d'ordinaire. Le bord de l'eau s'était approché à un point incroyable. Lorsque les vagues géantes se retiraient la surface de l'eau s'inclinait fortement et il semblait presque que le fond de la mer à l'intérieur des travaux du port allait apparaître.

Les éclaboussures des vagues mêlées à la pluie frappaient Shinji en pleine figure. L'eau salée qui lui arrivait au visage ruisselait le long de son nez et lui rappelait le goût des lèvres de Hatsue.

Les nuages galopaient dans le ciel sombre où se succédaient sans interruption la lumière et l'obscurité. De temps à autre Shinji apercevait, plus profondément au fond des cieux, des nuages chargés d'une lumière opaque, promesse de beau temps. Mais ils disparaissaient vite.

Shinji regardait le ciel avec tant d'attention qu'une vague arriva jusqu'à lui et mouilla les cordons de ses socques de bois. A ses pieds, était un joli petit coquillage rose qui avait dû être apporté par la même vague.

Il le ramassa, l'examina. Il était parfait de forme, sans la moindre égratignure sur ses bords d'une minceur délicate. Il pensa qu'il ferait un joli cadeau et le mit dans sa poche.

Aussitôt qu'il eut déjeuné, Shinji se prépara à sortir. Sa mère qui lavait la vaisselle, le voyant partir dans la tempête pour la deuxième fois, le regarda fixement mais n'osa pas lui demander où il allait. Il y avait quelque chose dans le dos de son fils qui lui imposait le silence. Combien elle regrettait qu'il ne lui fût pas né une fille qui l'aurait aidée dans le ménage !

Les hommes vont à la pêche. Ils s'embarquent sur des bateaux à moteur et à voiles qui transportent des marchandises dans les ports les plus divers. Les femmes, qui n'ont aucun lien avec ce vaste monde, cuisent le riz, tirent de l'eau, ramassent des algues et quand vient l'été elles disparaissent sous l'eau profonde où elles descendent jusqu'au fond. Même pour cette mère qui avait vécu une vie de plongeuse, ce monde crépusculaire du fond de la mer était le monde des femmes. Dans sa maison sombre même en plein jour, les souffrances de l'enfantement, la demi-obscurité du fond de la mer formaient la chaîne des mondes qui lui étaient familiers.

La mère se rappelait une femme, l'avant-dernier été, qui était veuve comme elle et nourrissait encore un bébé. Elle était frêle et en remontant à la surface après avoir ramassé des ormiers elle s'était subitement évanouie alors qu'elle se tenait devant le feu destiné à sécher les plongeuses. Elle avait tourné les yeux dont on ne voyait plus que le blanc, mordu ses lèvres bleuies, et elle s'était écroulée. Lorsque ses restes furent enterrés dans le bois de pins après crémation, les autres plongeuses ne purent rester debout et s'accroupirent sur le sol en pleurant.

Des rumeurs étranges circulèrent et certaines des femmes eurent peur de plonger. On disait que la femme qui était morte avait été punie pour avoir rencontré au fond de l'eau quelque chose d'effrayant que l'on ne doit pas voir.

La mère de Shinji s'était moquée de ces racontars ; elle avait plongé profondément dans la mer et en avait ramené les plus riches récoltes de la saison. Elle n'avait jamais été de celles qui s'effraient de dangers encore inconnus.

Sans se laisser atteindre par un tel souvenir, elle était d'une nature gaie et elle était fière de sa bonne santé. La tempête qui sévissait dehors l'excitait tout comme son fils. Quand elle eut terminé son lavage de vaisselle, elle écarta les pans de son kimono, s'assit en étendant ses jambes qu'elle examina attentivement à la faible lumière que donnait la fenêtre gémissante. Il n'y avait pas une seule ride sur ses cuisses d'une belle maturité, brûlées de soleil mais d'une rondeur ferme, rayonnant une couleur ambrée.

— Etant comme cela, j'aurais pu avoir encore trois... cinq enfants.

Mais à cette pensée son cœur pur s'effraya soudain. Rajustant son vêtement elle s'inclina devant la tablette funéraire de son mari.

Le sentier que suivait le jeune homme en montant au phare avait été transformé en torrent par la pluie et l'eau emportait les traces de ses pas. Le vent hurlait à travers les branches des pins. Ses bottes de caoutchouc lui rendaient la marche difficile. Comme il n'avait pas de parapluie il sentait la pluie ruisseler sur ses cheveux coupés court et dans son cou. Mais il continuait de grimper, le visage face à la tempête. Il ne la défiait pas, au contraire. De même qu'il jouissait d'un bonheur tranquille quand il était entouré par le calme de la nature il se sentait maintenant en parfaite harmonie avec la folie furieuse de la nature de l'heure présente.

Il regarda en bas vers la mer à travers les pins. De nombreuses vagues blanches s'avançaient comme si elles ruaient les unes contre les autres. De temps en temps les hautes roches de la pointe du cap étaient recouvertes par l'écume.

Shinji passa la « Colline de la Femme » et aperçut la maison du gardien du phare repliée sous la tempête, toutes fenêtres closes et les rideaux baissés. Il monta les marches de pierre conduisant au phare. Dans la maisonnette du veilleur, il n'y avait aujourd'hui aucun homme de garde. Par la porte vitrée ruisselante de pluie et dont les vitres ne cessaient de vibrer on apercevait la lunette qui était restée tournée vers la fenêtre maintenant close ; les courants d'air avaient éparpillé les papiers sur le bureau ;

il y avait une pipe, une casquette réglementaire du service de garde des côtes, le calendrier d'une compagnie de navigation représentant dans toute sa splendeur un nouveau navire, deux équerres pendues négligemment à un clou planté dans un pilier.

Shinji arriva à l'observatoire trempé jusqu'aux os. En ce lieu désert la tempête n'en était que plus effrayante. Rien ne s'interposant entre le ciel et cet endroit qui était presque le sommet de l'île, la tempête s'en donnait à cœur joie.

La construction en ruine avec ses fenêtres largement ouvertes dans trois directions n'offrait pas la moindre protection contre le vent. Au contraire il semblait plutôt que l'observatoire invitait la tempête à entrer dans ses pièces pour se livrer à une danse folle. La vue immense du Pacifique que l'on avait des fenêtres du premier étage était limitée par les nuages de pluie mais d'autre part les vagues, qui faisaient rage et montraient leur revers blanc s'estompant dans le cercle de nuages de pluie qui les entourait, donnaient l'impression que les limites de la mer déchaînée se reculaient à l'infini.

Shinji descendit l'escalier extérieur et jeta un coup d'œil sur la pièce du rez-de-chaussée où il était venu chercher le bois de chauffage de sa mère. Elle avait apparemment servi autrefois de

97

magasin et ses quelques fenêtres étaient si petites qu'une seule d'entre elles avait perdu sa vitre. Il y vit un abri idéal. On voyait les traces laissées par les bottes d'aiguilles de pin qu'on avait emportées les unes après les autres. Il n'en restait que quatre ou cinq dans un coin.

« Cela ressemble à une prison », pensa Shinji en respirant l'odeur de moisi.

Dès qu'il fut à l'abri de la pluie et du vent, il sentit soudain le froid qui le gagnait après avoir été mouillé comme un canard. Il éternua fortement.

Il enleva son imperméable et chercha des allumettes dans la poche de son pantalon. La vie à bord d'un bateau lui avait appris la nécessité de toujours en emporter.

Avant de les trouver ses doigts touchèrent le coquillage qu'il avait trouvé sur la plage dans la matinée. Il le sortit et l'éleva à la lumière d'une fenêtre. Il brillait comme s'il était encore mouillé par l'eau de mer. Content, il le remit dans sa poche. Il entassa sur le sol en ciment les aiguilles de pin sèches et du bois mort qu'il prit à une botte déjà déliée puis avec beaucoup de difficultés il réussit à faire prendre une de ses allumettes mouillées. Un feu triste couva, puis une petite flamme brilla et bientôt toute la pièce fut remplie d'une épaisse fumée.

Le jeune homme s'assit près du feu, entourant ses genoux de ses bras. Il n'avait plus qu'à attendre.

Il attendit. Sans la moindre gêne il tuait le temps en fourrant ses doigts dans les trous de son sweater noir, ce qui les élargissait davantage ; il se livra sans s'en rendre compte à l'euphorie que lui donnait sa confiance inébranlable.

Son manque d'imagination qui aurait pu lui faire supposer que la fille ne viendrait pas fit qu'il ne s'inquiéta nullement. Continuant d'attendre, il posa sa tête sur ses genoux et s'endormit.

Lorsqu'il ouvrit les yeux, la flamme était là, plus brillante que jamais. En direction de la flamme une forme étrange, indistincte, se tenait debout. Il se demanda s'il ne rêvait pas. C'était une jeune fille nue qui, la tête baissée, faisait sécher sa chemise au feu. Tenant sa chemise à deux mains devant le feu, elle montrait tout son buste.

Lorsqu'il eut compris que ce n'était pas un rêve, il eut l'idée d'user d'une petite ruse et en feignant d'être encore endormi, de regarder à travers des yeux à peine ouverts. Pourtant le corps de Hatsue était trop beau pour être admiré sans faire un mouvement. Les plongeuses ayant l'habitude de s'exposer à un feu pour se sécher quand elles sortent de l'eau, Hatsue n'avait sans doute pas hésité à les imiter. Lorsqu'elle était arrivée au rendez-vous, il y avait un feu. Il y avait un homme qui dormait. Avec la rapidité de décision qu'aurait eue un enfant, elle avait simplement décidé de sécher aussitôt que possible ses vêtements mouillés, son corps mouillé pendant que l'homme dormait. Au fond, Hatsue ne pensait pas qu'elle se déshabillait devant un homme. Elle l'avait fait simplement parce qu'il se trouvait là un feu et qu'elle était mouillée.

Si Shinji avait connu beaucoup de femmes auparavant, il aurait vu, en regardant Hatsue nue devant le feu dans des ruines encerclées par la tempête, qu'il avait devant lui sans aucun doute possible le corps d'une vierge. Sa peau était ambrée, se trouvant constamment baignée par l'eau de mer ; elle était ferme et lisse. Sur une poitrine à laquelle de longues plongées avaient donné plus d'ampleur deux petits seins fermes se détournaient légèrement l'un de l'autre comme s'ils avaient eu honte et pointaient deux boutons couleur de rose.

Craignant d'être accusé de regarder trop attentivement, Shinji avait à peine ouvert les yeux ; aussi la silhouette de la jeune fille restait-elle vague et, aperçue à travers le feu qui montait jusqu'au plafond en béton, elle se distinguait mal des flammes tremblantes.

Mais le jeune homme cligna involontairement les yeux et pendant un instant, l'ombre de ses cils, amplifiée par la lumière du feu, fut visible sur ses joues. Sans se souvenir de ce que sa chemise n'était pas complètement sèche, la jeune fille cacha prestement sa poitrine et s'écria :

— Il ne faut pas ouvrir les yeux.

L'honnête jeune homme ferma fortement les yeux. Maintenant qu'il y pensait il croyait qu'il avait eu certainement tort de feindre d'être encore endormi, mais ce n'était pas sa faute s'il avait été réveillé quand il dormait réellement. S'encourageant de ce raisonnement juste et impartial, il rouvrit tout grands ses beaux yeux noirs.

Eperdue, la jeune fille n'avait même pas commencé à passer sa chemise. Elle lui cria de nouveau d'une voix enfantine aiguë :

— Ferme les yeux !

Mais le garçon ne ferma pas les yeux. Depuis son enfance il avait eu l'habitude de voir nues les femmes du village, mais c'était la première fois qu'il voyait nue la jeune fille qu'il aimait. Il ne pouvait comprendre pourquoi du fait qu'elle était nue, une barrière s'était élevée entre eux rendant difficiles les politesses courantes, les familiarités habituelles. Avec la simplicité d'un enfant il se leva.

Le jeune homme et la jeune fille se faisaient face séparés par les flammes. Le garçon se déplaça un peu sur la droite; la fille s'enfuit légèrement sur la droite. Le feu restait toujours entre eux.

— Pourquoi fuis-tu?

— Eh bien, parce que j'ai honte.

Le jeune homme ne lui dit pas qu'elle n'avait alors qu'à s'habiller, car il avait envie de la contempler même quelques instants. Ennuyé de voir la conversation rompue, il lui posa une question d'enfant :

— Que pourrais-je faire pour que tu n'aies plus honte?

La réponse de la jeune fille fut à la fois naïve et surprenante.

— Si tu étais nu aussi, je n'aurais plus honte.

Shinji était très ennuyé mais, après un instant de réflexion, il enleva son sweater au col roulé sans dire un mot. Pendant qu'il se déshabillait il se demandait si la jeune fille ne s'enfuirait pas et pendant qu'il enlevait son sweater il scrutait prudemment le visage qui était devant lui. Après qu'il se fut prestement débarrassé de ses vêtements, il n'y avait là debout qu'un jeune homme ne portant plus qu'un langouti autour des reins, beaucoup plus beau que lorsqu'il était habillé. Mais les pensées de Shinji étaient si ardemment tournées vers Hatsue que le sentiment de honte passait au second plan.

— Tu ne dois plus être honteuse maintenant ? demanda-t-il tout droit comme à un interrogatoire de police.

Sans se rendre compte de l'énormité de ses paroles, la jeune fille lâcha cette réponse imprévue :

— Si...

— Pourquoi ?

— Tu n'as pas tout enlevé !

Le corps de Shinji éclairé par les flammes devint tout rouge de honte. Il voulut dire quelque chose mais les mots restèrent dans sa gorge. Il approcha si près du feu qu'il se brûla presque le bout des doigts et toujours regardant la chemise de la fille où les flammes faisaient danser des ombres, il finit par dire :

— Si tu enlèves cela, j'en ferai autant.

Hatsue sourit sans le vouloir. Mais ni lui ni elle n'avaient la moindre idée de ce que ce sourire pouvait signifier.

La chemise blanche que la jeune fille tenait dans ses mains la couvrant à moitié de la poitrine aux cuisses, elle la rejeta derrière elle. Le garçon la vit et alors toujours debout comme la statue d'un héros et ne quittant pas la fille des yeux, il dénoua son langouti.

A ce moment la tempête rugit soudain plus fort que jamais au-dehors. Jusque-là le vent et la pluie avaient fait rage autour des ruines avec la même force qu'à présent, mais en ce moment le garçon et la fille prirent conscience de sa réalité et comprirent qu'en bas des hautes fenêtres le Pacifique était secoué avec une frénésie incessante.

La jeune fille recula de deux ou trois pas. Il n'y avait aucune issue. Son dos toucha le mur encrassé de suie.

— Hatsue! cria le garçon.

— Saute par-dessus le feu. Si tu sautes par-dessus..., dit la fille d'une voix claire et forte.

Le garçon n'hésita pas. Le corps nu, que la flamme illuminait, il prit son élan sur la pointe des pieds et bondit au travers du feu. En un clin d'œil il se trouva droit en face de la fille. Sa poitrine toucha légèrement les seins de Hatsue. « C'était cette fermeté élastique que j'imaginais l'autre jour sous le sweater rouge », pensa le jeune homme troublé.

Tous deux s'enlacèrent. Hatsue la première tomba mollement sur le sol.

— Les aiguilles de pin font mal, dit-elle.

Shinji étendit la main vers la chemise blanche et voulut l'étendre sous le dos de la jeune fille. Elle l'en empêcha. Ses deux bras n'enlaçaient plus Shinji. Remontant ses genoux elle fit une boule de sa chemise et comme un enfant qui a pris dans ses mains un insecte à un buisson, elle protégea son corps. Ces mots qu'elle prononça étaient pleins de vertu :

— Il ne faut pas ! Une fille ne doit pas faire cela avant de se marier !

Shinji décontenancé dit sans conviction :

— Ce n'est vraiment pas possible ?

— Ce n'est pas possible.

Tenant les yeux fermés, la jeune fille dit posément sur un ton de conseil et de consolation :

— Il ne faut pas maintenant. J'ai décidé que c'est toi que j'épouserai et jusqu'à notre mariage, ce n'est pas possible !

Le respect de Shinji pour les choses de la morale s'était fait au hasard. De plus comme il n'avait pas connu de femmes auparavant, il crut toucher maintenant le tréfonds de la morale féminine. Il n'insista pas. Les bras du jeune homme enlaçaient toujours étroitement le corps de la jeune fille. Chacun des deux sentait les battements du cœur de l'autre.

Un long baiser tortura le garçon insatisfait, mais à partir de ce moment la douleur fit place à un étrange bonheur.

De temps en temps le feu qui mourait crépitait encore un peu. Ils entendaient ce bruit et le sifflement de la tempête frôlant les hautes fenêtres se mêler aux battements de leurs cœurs. Il semblait à Shinji que cette sensation incessante d'ivresse, le fracas effrayant de la mer au-dehors, le bruit des branches secouées par le vent, tout battait au même rythme violent que la nature. Dans son émotion entrait le sentiment d'un bonheur pur qui ne s'éteindrait jamais.

Le jeune homme éloigna son corps. Puis il dit d'une voix mâle et tranquille :

— J'ai ramassé ce matin sur la plage un beau coquillage que je t'ai apporté.

— Merci. Fais-le-moi voir.

Shinji retourna là où il avait jeté ses vêtements et commença à s'en vêtir. A ce moment Hatsue passa doucement sa chemise puis se vêtit entièrement.

Lorsqu'ils furent complètement habillés, Shinji apporta le coquillage à Hatsue.

— Oh ! Qu'il est joli !

Enchantée, la fille tourna vers la flamme la face lisse du coquillage qui refléta la lumière. Elle le mit à hauteur de ses cheveux et dit :

— Il ressemble à du corail. Je crois qu'il fera une jolie épingle à cheveux.

Shinji s'assit par terre en s'accotant à Hatsue. Habillés, ils se donnèrent un long baiser tout à leur aise.

Lorsqu'ils repartirent la tempête n'était pas

terminée. Aussi Shinji, pensant aux réflexions que pourraient faire les gens du phare, renonça-t-il à prendre comme ils en avaient l'habitude le chemin qui descendait devant le phare et, conduisant Hatsue, suivit celui, un peu meilleur, qui passait en arrière du phare puis tous deux descendirent l'escalier de pierre exposé en plein vent.

Chiyoko était rentrée chez son père et sa mère. Dès le lendemain de son retour elle souffrit d'ennui. Shinji lui-même n'était pas venu la voir. La réunion régulière pour la leçon d'étiquette ayant lieu, toutes les filles du village y vinrent. Il y avait parmi elles un visage inconnu. Chiyoko comprit que ce devait être cette Hatsue dont Yasuo lui avait parlé. Elle trouva les traits rustiques de Hatsue plus beaux encore que les gens de l'île ne le disaient. C'était là une curieuse qualité de Chiyoko. Tandis qu'une femme qui a une certaine confiance en elle ne cesse de relever les défauts des autres femmes, Chiyoko, mieux qu'un homme, reconnaissait avec simplicité toutes les beautés qu'elle trouvait chez une femme sauf chez elle.

Faute de mieux, Chiyoko avait commencé à

étudier l'histoire de la littérature anglaise. Ne connaissant pas une seule de leurs œuvres, elle apprit par cœur les noms d'un groupe de femmes poètes de l'époque victorienne : Christina Georgina Rosselti, Adelaïde Anne Procter, Jean Ingelow, Augusta Webster, Alice Mener, de la manière qu'elle eût appris des versets d'un livre bouddhique canonique. Son fort était d'apprendre par cœur d'une manière immodérée tout ce qu'elle notait. Or, elle notait tout jusqu'aux éternuements de son professeur. Sa mère s'efforçait d'être constamment auprès d'elle, curieuse d'apprendre du nouveau par sa fille. L'idée d'aller à l'Université était due en premier lieu à Chiyoko mais c'est la pression ardente de la mère qui avait eu raison des hésitations du père. Sa soif de connaissances avait été aiguisée par une vie passant d'un phare à un autre, d'une île lointaine à une autre île lointaine. Elle dépeignait toujours la vie de sa fille comme un rêve idéal. Pas une fois ses yeux ne devinèrent que sa fille était un peu malheureuse.

Le jour de la tempête, le vent étant devenu de plus en plus violent depuis la veille, la mère et la fille avaient passé toute la nuit auprès du gardien du phare qui avait hautement conscience de sa responsabilité. Elles firent la grasse matinée. Contrairement à leurs habitudes, leur repas de midi fut leur premier déjeuner. Après avoir débarrassé la table, les trois personnes de la famille, enfermées par la tempête, passèrent le temps dans le calme de la maison.

Chiyoko commença à soupirer après Tôkyô. Elle soupirait après Tôkyô où même par un jour de tempête les autos circulaient comme d'habitude, où les ascenseurs montaient et descendaient, où les tramways marchaient. Là-bas, la plus grande partie de la nature avait été mise sous l'uniforme, son peu de puissance restée indépendante était ennemi. Ici, sur l'île, les habitants avaient fait alliance avec la nature et avaient pris son parti.

Lasse de travailler, Chiyoko appuya son visage contre la vitre et regarda la tempête qui la tenait enfermée. La tempête était monotone. Le mugissement des vagues avait la persistance d'un ivrogne qui se répète.

Sans savoir pourquoi, Chiyoko se rappela le scandale qu'avait causé une camarade de classe en se laissant séduire par un homme qu'elle aimait. Elle l'avait aimé à cause de sa gentillesse et de son raffinement et l'avait dit ouvertement. Après cette première nuit, elle continua d'aimer cet homme pour sa force brutale et son égoïsme, mais elle n'en parla à personne.

A ce moment Chiyoko aperçut Shinji descendant l'escalier de pierre fouetté par le vent, avec Hatsue pressée contre lui.

Chiyoko connaissait les avantages d'avoir un visage aussi laid qu'elle pensait qu'était le sien. Une fois qu'elle avait durci son visage, celui-ci pouvait cacher ses émotions beaucoup plus habilement qu'un joli visage ne l'aurait pu. Celle qui se tenait pour laide n'était qu'une vierge se cachant sous un masque.

La jeune fille se détourna de la fenêtre. Près du brasero, la mère causait avec le père qui fumait en silence sa « Vie nouvelle ». Dehors c'était la tempête ; à l'intérieur, c'était la vie familiale. Il n'y avait personne pour remarquer que Chiyoko était malheureuse.

Chiyoko retourna vers la table et ouvrit un livre d'anglais. Les mots n'avaient pas de sens, c'était simplement des lettres qui se succédaient. Entre les lignes tourbillonnaient des oiseaux vers le haut, vers le bas. C'étaient des mouettes. Chiyoko se rappela : « Quand je suis revenue dans l'île et que je pariais qu'une mouette monterait ou ne monterait pas plus haut que le pylône... c'était cet événement qui était prédit... »

CHAPITRE IX

Une lettre par exprès arriva de Hiroshi donnant des nouvelles de son voyage. Comme il n'était pas sûr qu'une lettre par poste ordinaire n'arriverait pas après son retour, il avait envoyé par exprès une carte représentant le temple de Kiyomizu, portant le cachet violet du temple en souvenir de sa visite. Avant d'avoir lu sa lettre, sa mère bougonna en disant qu'envoyer une carte par exprès était du gaspillage, que les enfants d'aujourd'hui ne connaissaient pas la valeur de l'argent.

Sur sa carte Hiroshi ne parlait pas des sites célèbres, des vestiges du passé ; il raconta qu'il était allé pour la première fois dans un grand cinéma.

« Le premier soir, à Tôkyô, on nous a laissé notre liberté. Tous les trois, Sochan, Katchan et moi, nous sommes allés tout de suite à un grand cinéma tout près. C'est vraiment très beau. C'est comme un palais. Toutefois les sièges sont très étroits, durs ; en nous asseyant nous nous serions crus assis sur un bâton de poulailler ; on avait mal aux fesses ; on ne pouvait rester tranquilles. Au bout de quelque temps un homme par-derrière cria : Assis ! Assis !.. Comme nous étions assis nous trouvions cela bizarre mais l'homme derrière nous nous a aimablement montré que ce sont des sièges qui se replient. Si on les rabat, ils deviennent des sièges ordinaires. Nous avons senti que nous avions fait tous les trois une erreur ; nous nous sommes gratté la tête, nous les avons rabattus et c'était mou comme un siège pour l'Empereur ; j'ai pensé que je voudrais faire asseoir un jour Mère sur un siège pareil. »

S'étant fait lire la carte par Shinji, la mère eut les larmes aux yeux en écoutant la phrase finale. Elle plaça la carte sur l'autel des ancêtres et demanda à Shinji de prier avec elle pour que la tempête de l'avant-veille n'ait pas gêné le voyage de Hiroshi et que rien de lui arrive jusqu'à son retour le surlendemain.

Quelques instants après, comme si cette idée lui venait à l'esprit, elle dit à Shinji qu'il lisait et écrivait mal ; qu'il était heureux que Hiroshi montrât des capacités, enfin elle accabla Shinji sans ménagement. Avoir des capacités n'était pas autre chose que le pouvoir de faire verser à sa mère des larmes de bonheur.

Elle alla sans perte de temps montrer la carte aux parents de Sochan et de Katchan. Puis elle se rendit au bain public avec Shinji. Dans la buée qui emplissait la pièce elle rencontra la femme du directeur de la poste ; elle s'agenouilla devant elle avec ses genoux nus et la remercia de lui avoir ponctuellement fait parvenir la carte par exprès.

Shinji prit vite son bain. Sorti de la maison des bains, il attendit sa mère à la sortie du côté des femmes. L'avant-toit de la maison présentait des bois sculptés dont la peinture s'écaillait là où la vapeur sortait en volutes. La nuit était tiède ; la mer était calme.

Shinji remarqua quelqu'un qui lui tournait le dos et paraissait regarder l'auvent de l'une des maisons plus loin. Il avait les mains enfoncées dans les poches de son pantalon ; il frappait en cadence les dalles de pierre avec ses socques de bois. A la lumière du crépuscule, Shinji put voir que l'homme portait une veste de cuir marron. Dans l'île, ce n'était pas le premier venu qui portait une coûteuse veste de cuir. C'était sûrement Yasuo.

Au moment où Shinji allait l'appeler, Yasuo se retourna. Shinji commença à sourire mais Yasuo le regarda fixement d'un visage fermé, tourna le dos et partit.

Shinji ne s'inquiéta pas outre mesure de cette

attitude désagréable d'un ami, mais la trouva bizarre. A ce moment, sa mère sortit de la maison de bains ; le jeune homme, silencieux comme d'habitude, prit avec elle le chemin de leur maison.

La veille, après le retour de la pêche, pendant la journée de beau temps qui avait suivi la tempête, Chiyoko était venue voir Yasuo. Elle lui dit qu'elle avait accompagné sa mère pour des achats dans le village et qu'elle avait décidé de passer chez lui en expliquant qu'elle était venue seule parce que sa mère était allée voir le chef de la Coopérative qui habitait tout près.

Ce qu'entendit Yasuo de la bouche de Chiyoko fut un déchirement pour la fierté de l'orgueilleux jeune homme. Il y pensa toute la nuit. Le lendemain soir lorsque Shinji l'aperçut, Yasuo était en train de lire un avis affiché sous l'auvent d'une maison de la rue en pente passant au milieu du village.

Utajima n'avait pas d'eau en quantité suffisante. C'était au premier mois de l'ancien calendrier que la pénurie se faisait le plus sentir et donnait lieu à d'interminables querelles entre les habitants. La seule source d'eau du village était celle du ruisseau étroit longeant la rue de galets et tombant de degré en degré à travers le milieu du village. Pendant la saison des pluies ou après une pluie violente le ruisseau devenait

un torrent boueux et sur ses bords les femmes
du village lavaient leur linge dans un caquetage
bruyant. Les enfants y procédaient au lance-
ment de leurs bateaux de guerre en bois
construits de leurs mains. Mais dans la saison
sèche il se transformait en un marais desséché
qui n'avait même plus la force d'entraîner la
moindre parcelle d'ordures. Le ruisseau venait
d'une source. Etait-ce l'eau des pluies tombées
sur les sommets de l'île qui filtrait au travers du
sol et se rassemblait dans cette source ? En tout
cas, il n'y en avait pas d'autre dans l'île. La
mairie du village fixait l'ordre dans lequel les
habitants pouvaient puiser leur eau, l'ordre
variant par roulement chaque semaine. Le
puisage de l'eau était l'ouvrage des femmes. Au
phare seulement l'eau de pluie était recueillie
dans un réservoir mais les habitants de l'intérieur du village qui ne disposaient que de la
source devaient supporter l'inconvénient d'aller
chercher leur eau parfois au milieu de la nuit.
Toutefois après quelques semaines de puisage
en pleine nuit, chaque maison avait l'avantage
de prendre l'eau à une heure plus commode
dans la matinée.

Yasuo avait donc regardé le tour de puisage
affiché là où passait le plus de monde. Il trouva
le nom de Miyata dans la colonne de deux
heures du matin. C'était le tour de Hatsue.

Yasuo fit claquer sa langue. Il aurait souhaité que ce fût encore la saison des poulpes car alors les bateaux ne partaient pas tout à fait si tôt le matin, mais en saison de pêche aux seiches, comme en ce moment, les bateaux devaient être rendus à la pointe de l'aube dans la zone de pêche du canal d'Irako. Chaque famille était sur pied en temps voulu pour préparer le petit déjeuner à trois heures au plus tard ; il y avait des maisons impatientes d'où la fumée de la cuisine sortait avant trois heures.

Même dans ces conditions ce moment était préférable à celui de la semaine suivante quand le tour de Hatsue viendrait à trois heures. Yasuo se jura d'avoir Hatsue avant le départ des bateaux pour la pêche le lendemain matin. C'est pendant qu'il regardait l'affiche et qu'il prenait cette ferme décision qu'il aperçut Shinji devant l'entrée des hommes à la maison de bains. Pris de haine il oublia sa dignité habituelle.

Yasuo retourna chez lui. Il jeta un œil en passant sur le salon où son père et son frère aîné se versaient mutuellement le saké du soir en écoutant un chanteur de ballade à la radio qui tonitruait dans toute la maison. Il partit dans sa chambre au premier étage et alluma une cigarette pour tuer le temps.

N'écoutant que le bon sens qu'il croyait

avoir, Yasuo pensa ceci. Shinji, ayant violé Hatsue, n'était pas vierge, à n'en pas douter. A l'Association des jeunes gens il était toujours là entourant les genoux de ses bras comme un adulte, écoutant d'un air niais et approbateur ce que disaient les autres, montrant un visage enfantin, et pourtant il connaissait parfaitement les femmes. Sale petit renard ! Et pourtant Yasuo ne pouvait admettre de la duplicité dans l'esprit de Shinji. Il devait en conclure, bien que cette supposition lui fût insupportable, que Shinji était un garçon d'une honnêteté sans égale qui avait eu Hatsue d'une manière correcte et digne.

Ce soir-là, Yasuo dans son lit se pinçait les cuisses pour s'empêcher de dormir. Ce n'était pourtant pas nécessaire : son animosité à l'égard de Shinji et la jalousie qu'il ressentait pour avoir été devancé par lui suffisaient largement à le priver de sommeil.

Yasuo possédait une montre à cadran lumineux qu'il montrait à tout le monde avec fierté. Ce soir-là il l'avait conservée à son poignet, il s'était mis furtivement au lit en gardant sa veste et son pantalon. De temps en temps il portait sa montre à son oreille, regardant son cadran phosphorescent. Yasuo s'imaginait que le fait de posséder une pareille montre le qualifiait pour conquérir les femmes. Au milieu de la nuit, à 1 h 20, Yasuo se glissa hors de la maison dans la nuit profonde. Dans le silence nocturne le bruit des vagues retentissait, la lune brillait, le village était silencieux.

Il n'y avait que quatre réverbères dans l'île, un à la jetée, deux le long de la rue montueuse passant par le milieu du village, un autre sur la montagne à côté de la source. En dehors du ferry-boat il n'y avait dans le port que les bateaux de pêche de sorte qu'il n'y avait aucune lumière au haut des mâts pour y animer la nuit ; les dernières lumières des maisons étaient éteintes.

A la campagne, les rangées de toits sombres et épais font les nuits plus pesantes mais dans ce village de pêcheurs dont les toits étaient couverts de tuiles ou de tôle galvanisée il n'y avait pas de ces toitures de chaume intimidantes la nuit.

Yasuo grimpa prestement la rue en pente remplie de cailloux, ayant aux pieds des chaussures de sport qui ne faisaient aucun bruit. Il passa par la cour de l'école primaire entourée de rangées de cerisiers dont la moitié des fleurs étaient ouvertes. C'était un terrain de jeux, extension récente de l'école. Les rangs de cerisiers avaient été amenés de la montagne. Un jeune cerisier avait été renversé par la tempête et son tronc noir au clair de lune gisait à côté d'un tas de sable.

Yasuo monta les marches de pierre le long de la rivière et arriva à un point où l'on pouvait entendre le bruit de la fontaine dont la lumière du réverbère soulignait les contours.

L'eau claire coulait d'une fente entre les rochers moussus dans une vasque de pierre et passait par-dessus l'un des côtés de la pierre qui était couverte d'une mousse glissante. Il semblait que ce n'était pas de l'eau qui coulait sur la mousse mais que la mousse était recouverte d'un magnifique vernis transparent.

Au fond du bois touffu qui entourait la fontaine, une chouette ululait.

Yasuo se cacha derrière le réverbère. Un oiseau s'envola dans un léger bruissement d'ailes. Il s'appuya au tronc d'un orme et attendit, regardant attentivement à son poignet sa montre lumineuse.

Un peu après deux heures Hatsue apparut dans la cour de l'école portant sur les épaules une perche à laquelle deux seaux étaient suspendus. Sa silhouette était nettement dessinée par le clair de lune.

Quoique un travail en pleine nuit ne soit pas agréable aux femmes, à Utajima hommes et femmes, riches ou pauvres, accomplissaient leur tâche. Cependant Hatsue, rendue robuste par la pratique du rude travail des plongeuses, montait allégrement les marches de pierre, balançant ses seaux vides en avant et en arrière, et avait plutôt l'air de s'acquitter de ce travail à une heure insolite avec une joie enfantine.

Hatsue disposa ses seaux près de la fontaine. C'était le moment où Yasuo avait l'intention de sauter près d'elle, mais il hésita et résolut d'avoir la patience d'attendre qu'elle eût fini de tirer son eau. Se préparant à bondir le moment venu, il s'accrocha de la main gauche à une branche. Puis, il ne fit plus un mouvement, s'imaginant qu'il était une statue de pierre. Il regardait les fortes mains de la fille, rougies avec quelques engelures, qui emplissaient les seaux d'une eau qui tombait avec un bruit lourd et son corps de femme jeune et frais qui excitait son imagination et son plaisir.

Or, au poignet de la main de Yasuo qui tenait la branche d'orme, la montre lumineuse dont il était si fier émettait sa lueur phospho-rescente en faisant entendre un tic-tac faible mais distinct. Ceci tira de leur sommeil les guêpes qui avaient construit leur nid sur la même branche et excita vivement leur curio-sité. Timidement, une guêpe vint se poser sur la montre. Elle se trouva devant un coléoptère qui émettait une faible lueur, poussait un cri régulier et dont la carapace était faite d'une feuille glissante et froide de verre. Peut-être déçue, la guêpe porta son aiguillon sur la peau du poignet de Yasuo et elle l'enfonça de toute sa force.

Yasuo jeta un cri. Hatsue se redressa et se tourna dans sa direction. Elle ne poussa pas un cri de détresse mais elle détacha en un clin d'œil les cordes de sa perche de portage et tenant la perche en travers de son corps prit une attitude de défense.

Yasuo lui-même dut admettre qu'il avait un air gauche aux yeux de Hatsue. Continuant de se tenir en garde, la jeune fille recula d'un pas ou deux. Pensant qu'il valait mieux tourner la chose en plaisanterie, Yasuo éclata d'un rire idiot et dit :

— Ah ! Je vous ai fait peur, hein ? Vous avez cru que j'étais un revenant ?

— Alors, c'est vous, frère Yasuo ?

— Je pensais me cacher ici pour vous faire peur.

— Comme cela, au milieu de la nuit ?

La jeune fille ne savait pas encore combien elle était attrayante. Elle l'aurait peut-être su si elle y avait réfléchi suffisamment mais en ce moment elle accepta l'explication de Yasuo : qu'il ne s'était caché là que pour lui faire peur.

Profitant de sa confiance, Yasuo arracha la

perche à Hatsue et lui saisit le poignet droit. La peau de la veste de Yasuo crissait.

Reprenant sa dignité, il regarda fixement Hatsue. Il avait l'intention de séduire la fille. Calmement, tête haute, il se prit à imiter inconsciemment la manière franche et ouverte dont il s'imaginait que Shinji usait en pareille circonstance.

— C'est bon. Voulez-vous m'écouter ? sinon vous le regretterez. Vous ferez bien de m'écouter à moins que vous ne teniez à ce que tout le monde apprenne vos histoires avec Shinji.

Les joues de Hatsue s'empourprèrent. Elle avait peine à respirer.

— Lâchez mon bras ! Qu'est-ce que ces histoires avec Shinji ?

— Ne faites pas l'innocente ! Comme si vous n'aviez pas filé le parfait amour avec Shinji !

— Ne dites pas de choses ridicules. Je n'ai jamais rien fait de pareil !

— Moi, je sais tout. Que faisiez-vous avec Shinji dans la montagne le jour de la tempête ?... Tenez, elle en rougit !... Eh bien, faites la même chose avec moi. Cela n'a pas d'importance !

— Cessez ! Cessez !

Hatsue se débattait, essayant de s'échapper. Yasuo ne voulait pas la voir s'enfuir. Si elle

122

s'enfuyait avant que la chose soit faite, elle dirait tout à son père. La chose faite, elle n'en soufflerait mot à personne. Yasuo se délectait à la lecture de ces romans grossiers apportés de la ville et dans lesquels abondent les confessions de filles que l'on avait « forcées ». Pouvoir infliger un tourment à une fille qui ne pourrait parler ! Quelle aubaine !

A ce moment, Yasuo avait plaqué sous lui Hatsue sur le sol à côté de la fontaine. L'un des seaux avait été renversé et l'eau coulait sur la terre couverte de mousse. La lumière du réverbère montrait les frémissements des narines de Hatsue, les éclairs que lançaient ses yeux ; la moitié de sa chevelure trempait dans l'eau.

Elle avança soudain ses lèvres et cracha en plein sur le menton de Yasuo.

Ce geste excita encore plus la passion du garçon ; il sentait la poitrine de Hatsue battre fortement sous sa propre poitrine ; il colla son visage sur la joue de la jeune fille. A ce moment, il poussa un cri et se remit debout. La guêpe l'avait piqué de nouveau, cette fois à la nuque.

Au comble de la rage, Yasuo essayait au hasard d'attraper la guêpe, et, pendant qu'il sautait çà et là, Hatsue s'enfuyait vers l'escalier de pierre. Yasuo était tout interdit. Que faire ? Poursuivre la guêpe et la tuer, puis rattraper

Hatsue ? Pendant un moment il ne sut que faire, par quoi commencer. Quoi qu'il en soit, il se saisit de nouveau de Hatsue. Il n'avait pas plutôt renversé de nouveau sur la mousse son corps de femme faite que la rusée guêpe se porta cette fois sur le pantalon de Yasuo et lui enfonça profondément son aiguillon dans la fesse. D'un bond il se releva mais Hatsue qui était maintenant habituée à se sauver, s'enfuit cette fois derrière la fontaine. Elle pénétra sous bois et se cacha dans les fougères. En chemin elle découvrit une grosse pierre. Elle la brandit d'une main au-dessus de sa tête et reprit enfin son souffle. Elle regarda en bas vers la fontaine.

A vrai dire, Hatsue ne savait pas quelle divinité avait pu venir à son secours. Toutefois, en voyant les folles contorsions de Yasuo près de la fontaine elle comprit que c'était l'œuvre d'une guêpe rusée car elle vit au bout des doigts de Yasuo qui les avait prises au vol deux petites ailes dorées luisant à la lumière du réverbère.

Après avoir attrapé la guêpe, Yasuo restait le regard vague, essuyant de son mouchoir la sueur dont son visage était couvert. Puis il chercha autour de lui en quête de Hatsue. Il ne la voyait nulle part. Réunissant ses deux mains en cornet il l'appela timidement à voix basse.

Hatsue fit bruire exprès les feuilles de fougère avec la pointe de son pied.

— Ah ! vous étiez là. Ne voulez-vous pas descendre ? je ne vous ferai plus rien.

— Non, je ne veux pas.

— Si vous descendez...

Il se préparait à monter vers elle mais Hatsue brandit sa pierre. Yasuo se replia.

— Que faites-vous ? C'est dangereux. Que dois-je faire pour que vous descendiez ?

Yasuo se serait bien sauvé sans demander son reste, mais la peur de voir Hatsue raconter tout à son père lui fit répéter avec obstination :

— Voyons. Qu'est-ce que je pourrais faire pour que vous descendiez ? Vous allez probablement parler de cela à votre père ?

Pas de réponse.

— Allons, ne dites rien à votre père. Que dois-je faire pour que vous ne lui parliez pas ?

— Si vous puisez de l'eau pour moi et si vous la transportez jusqu'à la maison...

— Vrai ?

— Vrai.

— C'est que l'oncle Teru est terrible !

Alors Yasuo se mit en silence à sa tâche, comme s'il avait été saisi de la nécessité d'accomplir un devoir, mais il était parfaitement ridicule en vérité. Il remplit les seaux qui avaient été renversés, passa leurs cordes dans la perche de portage et les chargeant sur son épaule il s'en alla.

Au bout d'un moment, il se retourna et vit que Hatsue était venue, il ne savait quand, à deux mètres derrière lui et le suivait. La jeune fille avait le sourire. Si Yasuo s'arrêtait, elle s'arrêtait. Lorsque le garçon descendit les marches de pierre la jeune fille descendit.

Le village était plongé dans le sommeil, ses toits baignant dans le clair de lune. Mais lorsque marche après marche ils arrivèrent vers le village le chant des coqs monta de tous côtés vers eux : signe que l'aube était proche.

CHAPITRE X

Le jeune frère de Shinji revint dans l'île.
Toutes les mères attendaient au bout de la jetée
pour accueillir leurs fils. Il tombait une pluie
fine et le large était invisible. Le ferry-boat
n'était qu'à cent mètres de la jetée quand il
apparut sortant de la brume. Chaque mère se
mit à crier le nom de son fils. Elles pouvaient
maintenant voir distinctement les casquettes et
les mouchoirs agités par les enfants sur le pont.

Le bateau avait accosté mais même lorsqu'ils
furent à terre en face de leurs mères, les
collégiens se contentèrent de leur sourire un
peu, puis s'amusèrent entre eux. Il leur déplaisait de montrer leur affection pour leur mère en
présence les uns des autres.

Même quand il fut rentré à la maison,
l'excitation de Hiroshi ne pouvait se calmer et
il ne restait pas en place. Sa conversation ne
porta ni sur les endroits célèbres ni sur les

vieilles ruines qu'il avait visités. Il se borna à raconter des incidents tels que celui où un camarade ayant besoin d'uriner une nuit mais n'osant pas aller seul à la toilette, était venu le frapper de la main pour le faire lever et lui demander de l'accompagner. Le lendemain matin il tombait de sommeil. Il est certain qu'il avait rapporté de son voyage de profondes impressions mais il ne savait pas les traduire en phrases. Quand il voulut dire quelque chose il ne trouva rien d'autre à rappeler qu'une année auparavant il avait ciré un endroit du couloir de l'école et qu'il s'était amusé en voyant une maîtresse glisser et tomber. Mais ces tramways et ces autos qui étincelaient, qu'il avait à peine le temps de voir arriver et qui disparaissaient aussitôt, ces hauts immeubles et ces enseignes au néon qui l'avaient tant étonné, où étaient-ils maintenant ?

Dans la maison il retrouvait comme auparavant le buffet, l'horloge murale, l'autel boud-dhique, la table pour les repas, le miroir sur son pied, et puis sa mère. Il y avait le fourneau de cuisine, les nattes salies. Tout pouvait le comprendre sans qu'il parlât, et cependant toutes ces choses, sa mère aussi, le pressaient de raconter son voyage. Hiroshi finit par retrouver le calme lorsque Shinji rentra de la pêche. Après le dîner il ouvrit son carnet de voyage et raconta parfaitement à sa mère et à son frère ce qu'il avait vu. Quand il eut terminé ils furent satisfaits et ne le harcelèrent plus de questions.

Tout redevint comme auparavant. Son existence était telle que tout était compris même sans parler. Le buffet, l'horloge, sa mère, son frère, le vieux fourneau de cuisine plein de suie, le mugissement de la mer... Enveloppé dans toute cette atmosphère Hiroshi s'endormit, tomba dans un profond sommeil.

Les vacances de printemps de Hiroshi touchaient à leur fin. Chaque jour depuis son lever jusqu'au coucher, Hiroshi jouait tout son soûl.

Dans l'île les terrains de jeux abondaient ; Hiroshi et ses amis virent pour la première fois à Kyôto et à Osaka les films westerns dont ils avaient tant entendu parler. Les nouveaux jeux imités des westerns connurent la vogue parmi les camarades de jeux de Hiroshi. La vue de la fumée s'élevant d'un feu en montagne, dans les environs de Matoura, dans la presqu'île de Shima, était inévitablement pour eux un signal lancé par un retranchement d'Indiens.

Les cormorans à Utajima étaient des oiseaux de passage ; à ce moment de la saison ils disparaissaient les uns après les autres. On entendait souvent les rossignols chanter. La pente raide du col par où l'on descendait au collège recevait tout droit le vent qui en hiver

129

rougissait le nez de ceux qui y passaient aussi
l'appelait-on le col des nez rouges mais en ce
moment, même par les jours frais, le vent
rosissait tout juste les nez.

La presqu'île de Benten, à la pointe sud de
l'île, leur offrait une scène pour leurs pièces
westerns. Le côté ouest de la presqu'île était
entièrement en pierre calcaire ; en le suivant on
arrivait à l'entrée d'une grotte, l'un des endroits
les plus mystérieux d'Utajima. La largeur de
l'entrée était de 1,50 mètre, la hauteur de 70 à
80 centimètres ; un couloir sinueux allait s'élar-
gissant progressivement et aboutissait à une
triple grotte. Jusque-là régnait une obscurité
complète mais dans la grotte on était faiblement éclairé par une lueur bizarre. Ceci venait
de ce que la grotte perçait complètement la
presqu'île et s'ouvrait du côté est par un trou
invisible, où entrait la mer montant et descendant au fond d'un puits profond.

Chandelles en main, le groupe entra dans la
grotte. En s'avertissant les uns les autres par
des : « Attention ! »... « Dangereux ! » ils se
glissèrent dans le passage obscur. Chacun
apercevait, flottant dans l'obscurité à la flamme
des bougies, les visages quelque peu effrayants
des autres et ils regrettèrent de ne pas avoir l'air
terrible que leur eût donné une barbe qui
n'était pas encore poussée.

La bande était composée de Hiroshi, Sochan et Katchan. Ils étaient partis à la recherche d'un trésor caché par les Indiens au fond de la caverne. Sochan était en tête et lorsqu'ils débouchèrent dans la grotte où ils pouvaient enfin se tenir debout, sa tête était magnifiquement couverte d'épaisses toiles d'araignées.

— Oh ! Tu as la tête rudement bien ornée. Tu seras le chef ! s'écrièrent Hiroshi et Katchan en l'applaudissant.

Ils tinrent les trois bougies sous une inscription en sanscrit qu'une main inconnue avait tracée jadis sur un mur couvert de mousse. La mer qui entrait et coulait dans le puits à l'extrémité est de la grotte mugissait avec violence en frappant le rocher. Le bruit des vagues furieuses qu'ils entendaient était complètement différent de celui auquel ils étaient accoutumés dehors. C'était un bruit d'eau bouillonnant qui était répercuté avec force par les murs de calcaire de la caverne. Les échos se recouvraient les uns les autres dans un fracas qui ébranlait la grotte faisant croire qu'on la secouait.

Les garçons se rappelaient en tremblant la légende d'après laquelle du seizième au dix-huitième jour de la sixième lune de l'ancien calendrier sept requins blancs venus on ne sait d'où apparaissaient dans le puits.

Dans leurs jeux les garçons changeaient de rôle à volonté ; ils passaient du parti ennemi au parti ami avec la plus grande facilité. Sochan avait été fait chef indien à cause des toiles d'araignées dans ses cheveux et les autres étaient des gardes-frontières, ennemis implacables de tous les Indiens mais maintenant, voulant demander au chef pourquoi les vagues faisaient un vacarme effrayant, ils se firent ses deux fidèles compagnons.

Sochan comprit immédiatement le changement de rôle et s'assit majestueusement sur le roc au-dessous des bougies.

— O chef ! dis-nous pourquoi les vagues font un bruit si effrayant.

Sochan répondit d'un ton solennel :

— Cela, c'est le dieu qui est en colère.

— Que pourrait-on faire pour apaiser sa colère ? demanda Hiroshi.

— Eh bien... La seule chose à faire c'est de lui présenter des offrandes et de le prier.

Alors tous trois, prenant les biscuits secs et les macarons à la gelée de haricots sucrés que leurs mères leur avaient donnés ou qu'ils leur avaient chipés, les déposèrent sur un morceau de journal et les placèrent cérémonieusement sur un roc surplombant le puits. Le chef Sochan s'avança vers l'autel d'un pas solennel entre les deux autres, se prosterna sur le sol calcaire et, levant très haut ses deux bras, il improvisa une étrange incantation et pria en inclinant le buste en avant et en arrière. Derrière lui, Hiroshi et Katchan prièrent en imitant le chef. Le froid contact de la pierre passait au travers de leur pantalon et se faisait sentir dans leurs genoux. Pendant ce temps Hiroshi se figurait qu'il était devenu un personnage dans un film.

Par bonheur la colère du dieu paraissait conjurée, le mugissement des vagues était un peu apaisé. Ils s'assirent en cercle et mangèrent les offrandes de biscuits et de macarons à la gelée de haricots présentés sur l'autel. En les mangeant ils les trouvèrent dix fois meilleurs que d'habitude.

Juste à ce moment on entendit un grondement plus fort que jamais et un paquet d'eau jaillit très haut hors du puits. Cet énorme jet d'eau apparut comme un fantôme blanc. La mer faisait gémir la caverne et la secouait. Il semblait que la mer attendît l'occasion d'enlever ces trois Indiens assis en cercle dans la caverne de pierre et de les tirer vers ses profondeurs. Naturellement Hiroshi et Katchan avaient peur mais lorsqu'un courant d'air, venu on ne sait d'où, vint faire vaciller la flamme des trois bougies sous l'inscription en sanscrit et finit par en éteindre une, leur frayeur ne connut plus de bornes. Mais tous les trois luttaient à qui mieux mieux pour montrer jusqu'où allait leur bravoure. Avec la nature joyeuse de la jeunesse ils se hâtèrent de cacher leur frayeur en faisant mine de continuer leur jeu. Hiroshi et Katchan devinrent deux Indiens compagnons du chef, poltrons et tremblants de peur.

— Ah! j'ai peur! j'ai peur! O chef, le dieu est terriblement en colère. Pourquoi est-il dans une pareille colère?

Sochan était assis sur un trône de pierre, tremblant supérieurement et bruyamment comme un chef.

Pressé de donner une réponse il se rappela la rumeur que l'on murmurait en secret dans l'île depuis quelques jours et sans malice il décida de s'en servir. Il se racla la gorge et dit:

— C'est à cause d'une immoralité. C'est à cause d'une impureté.

— Une immoralité? Que veux-tu dire? demanda Hiroshi.

— Tu ne sais donc pas, Hiroshi? C'est parce que ton frère aîné Shinji a fait « omeko [1] » avec Hatsue, la fille de Miyata. C'est pour cela que le dieu est en colère.

Entendant le nom de son frère et ayant le

1. Mot du patois local dont l'explication est donnée plus loin.

sentiment qu'il s'agissait de quelque chose de déshonorant pour lui, Hiroshi fut pris d'une rage folle contre le chef.

— Qu'est-ce que mon frère et Hatsue ont fait ? Qu'est-ce que c'est que « omeko » ?

— Tu ne sais pas cela ? Faire « omeko » se dit d'un homme et d'une femme qui couchent ensemble.

En fait, Sochan n'en savait guère plus sur le sens de ce mot mais il sut présenter son explication sous des couleurs injurieuses si bien que Hiroshi s'emporta et bondit sur lui.

Sochan se sentit empoigné par les épaules et reçut une gifle mais la querelle se termina rapidement, lorsque Sochan se sentit acculé à la muraille. Les deux bougies qui restaient tombèrent et s'éteignirent.

Dans la grotte il n'y avait plus qu'une faible lueur à peine suffisante pour que l'un pût entrevoir le visage de l'autre. Hiroshi et Sochan se faisaient face, le souffle précipité mais ils comprirent peu à peu à quel danger ils s'exposaient si en s'agrippant l'un l'autre ils avaient un geste maladroit. Katchan intervint en médiateur.

— Cessez de vous battre. Ne voyez-vous pas que c'est dangereux ici ?

Alors ils frottèrent des allumettes, trouvèrent leurs bougies et rampèrent hors de la grotte, ne disant à peu près rien.

Lorsqu'ils eurent grimpé le long de la falaise et atteint la crête de la presqu'île, baignée dans l'éclatante lumière du dehors, ils étaient redevenus plus amis que jamais, paraissant avoir tout oublié de leur combat de tout à l'heure. S'avançant sur le sentier de crête ils chantaient :

Suivant la grève à la Plage de Cinq Lieues...
A la Plage du Jardin de Benten Hachijo...

Située le long du flanc ouest de la presqu'île de Benten cette Plage de Cinq Lieues était la plus belle partie des côtes de l'île. Vers son milieu s'élevait une énorme roche appelée l'île de Hachijo, haute comme une maison.

A ce moment quatre ou cinq gosses émergèrent dans un fourré de pins rampants situé au sommet du rocher, ils agitaient les bras et criaient quelque chose.

Les trois garçons leur répondirent en agitant les bras à leur tour et s'avancèrent sur le sentier. Çà et là des vesces rouges étaient en fleur au milieu de l'herbe tendre entre les pins.

— Regardez ! Des bateaux qui pêchent à la seine ! dit Katchan en montrant la mer à l'est de la presqu'île.

De ce côté la Plage du Jardin enserrait une

jolie petite anse où flottaient trois bateaux à seine immobiles dans l'attente de la marée. C'étaient des bateaux qui manipulaient les filets dragueurs quand ils étaient remorqués par de plus gros bateaux.

— Oh! s'écria Hiroshi en même temps que son camarade.

L'éclat de la mer les éblouissait et leur faisait plisser les yeux mais les paroles que Sochan avait prononcées tout à l'heure pesaient sur le cœur de Hiroshi et se faisaient de plus en plus lourdes à mesure que le temps passait.

A l'heure du dîner, Hiroshi retourna à la maison, l'estomac criant famine. Son frère aîné n'était pas encore rentré. Sa mère était seule, fourrant du menu bois dans la gueule du poêle de cuisine qui ronflait. C'était seulement dans ces moments que des odeurs délicieuses effaçaient les senteurs venant de la toilette.

— Dis-moi, maman, dit Hiroshi qui s'était étendu de tout son long.

— Quoi donc?

— On dit que Shinji et Hatsue ont fait « omeko ». Qu'est-ce que cela veut dire?

A l'instant, sa mère abandonna le poêle et vint s'asseoir gravement à côté de Hiroshi. Ses yeux brillaient d'une manière étrange; son regard passant au travers de cheveux égarés lui donnait un air terrible.

— Hiroshi, où as-tu entendu dire cela ? Qui a parlé d'une pareille chose ?

— Sochan.

— Ne répète jamais cela ! Tu ne dois même pas en parler à ton frère. Si tu en parles, je ne te donnerai pas à manger de longtemps. Tu m'as entendue ?

La mère regardait les histoires d'amour de jeunes gens avec une grande tolérance. A l'époque des plongées, lorsque les plongeuses se séchaient auprès du feu elle n'aimait pas leurs commérages. Mais puisque son propre fils était l'objet de rumeurs malicieuses, elle devait faire son devoir de mère.

Lorsque Hiroshi fut bien endormi, la mère se pencha à l'oreille de Shinji et lui dit d'une voix basse mais ferme :

— Tu sais que de méchantes rumeurs circulent à propos de toi et de Hatsue ?

Shinji secoua la tête et rougit. Sa mère était embarrassée mais elle voulait absolument tirer la chose au clair.

— Avez-vous couché ensemble ?

De nouveau Shinji secoua la tête.

— Alors tu n'as pas fait une chose qui puisse donner lieu à des cancans ? Est-ce bien vrai ?

— C'est bien vrai.

— Dans ce cas, je n'ai rien à dire. Mais fais attention parce que le monde est malveillant.

Mais l'histoire prit une mauvaise tournure.

Le lendemain soir la mère de Shinji s'était rendue à la réunion du dieu Kôshin [1], l'unique association féminine de l'île. Dès qu'elle parut tous les visages prirent un air glacial et les conversations s'arrêtèrent. Les femmes étaient en train de se livrer à des commérages.

Le soir suivant, lorsque Shinji entra à l'Association des jeunes gens, ouvrant la porte comme à l'ordinaire, un groupe de jeunes garçons assis autour de la table sous l'ampoule nue discutait avec animation un certain sujet. En apercevant Shinji, tous se turent à l'instant. Seul le tumulte des vagues dont l'écho flottait dans l'air emplissait la salle triste où il semblait n'y avoir âme qui vive. Comme toujours, Shinji s'assit le dos appuyé au mur, entourant ses genoux de ses bras et gardant le silence. Là-dessus, tous se mirent à parler d'un autre sujet avec le bruit habituel et Yasuo, le président, qui était arrivé aujourd'hui étonnamment tôt, salua Shinji d'un air de bonne humeur en

1. *Kôshin* : déification d'une étoile correspondant au 57e terme du cycle sexagésimal ; elle favorise ou contrarie les actions des humains selon sa position. (Origine continentale.)

restant de l'autre côté de la table. Shinji, sans méfiance, répondit par un sourire.

Quelques jours après, pendant qu'ils mangeaient leur repas froid sur le *Taihei-maru* et se reposaient de la pêche, Ryûji dit, comme s'il était incapable de se contenir plus longtemps :

— Frère Shinji, je bous de colère. Frère Yasuo colporte des bruits fâcheux sur ton compte.

— Pas possible ! répondit Shinji en souriant et conservant une contenance calme et digne.

Le bateau dansait gentiment sur les vagues molles du printemps. Alors Jukichi, d'ordinaire taciturne, intervint de manière inattendue dans la conversation :

— Pour ma part, j'ai compris, j'ai compris. Ce Yasuo est jaloux. Ce gaillard-là relève la tête à cause de son père. C'est un grand idiot qui a de mauvais sentiments et me dégoûte. Shinji aussi est devenu un beau garçon aimé des femmes et Yasuo se consume de jalousie. Shinji, ne t'en fais pas. S'il arrive des choses embêtantes, je serai de ton côté.

L'histoire que propageait Yasuo était chuchotée à tous les coins de rues du village et cependant elle n'était pas arrivée jusqu'aux

140

oreilles du père de Hatsue. C'est alors qu'éclata un incident dont le village ne devait pas se lasser de parler pendant toute une année. L'incident se produisit au bain public.

Les plus riches maisons du village elles-mêmes n'avaient pas de salle de bains. Cette nuit-là, Miyata Terukichi vint comme d'habitude au bain public. D'un air hautain il écarta de la tête le rideau, il se dépouilla de ses vêtements qu'il jeta dans une corbeille, il les fit suivre de sa chemise et de sa ceinture qui tombèrent à côté et s'éparpillèrent. Il fit claquer rudement sa langue chaque fois, releva son linge tombé en le pinçant avec ses doigts de pied et l'envoya dans la corbeille. C'était un spectacle qui remplissait de crainte ceux qui le regardaient, mais c'était là pour lui une occasion de montrer publiquement que tout vieux qu'il était sa vigueur restait intacte. En vérité, son corps nu d'homme âgé était splendide. Ses membres, de la couleur du cuivre rouge, ne montraient aucun signe de décrépitude et au-dessus de ses yeux perçants et de son front têtu, sa chevelure blanche était embroussaillée comme une crinière de lion. Sa poitrine était d'un rouge qu'avait recuit l'usage du saké et faisait un contraste impressionnant avec ses cheveux blancs. Les muscles saillants étaient devenus durs, n'ayant pas été employés depuis longtemps et renforçaient l'impression que donne un rocher abrupt battu par les vagues.

On pouvait dire que Terukichi était la personnification de tout le travail, la résolution, l'ambition et la force d'Utajima. Plein de l'énergie rustique d'un homme qui avait élevé sa famille de rien jusqu'à la richesse, il avait eu l'esprit assez étroit pour refuser toujours une fonction publique dans le village, ce qui lui avait valu la considération des notables. Son infaillibilité étonnante dans la prédiction du temps, son expérience inégalable en matière de pêche et de navigation, sa fierté de connaître toute l'histoire et les traditions de l'île étaient souvent contrebalancées par son entêtement opiniâtre, ses prétentions risibles, son humeur querelleuse que les années n'avaient pas adoucie. Quoi qu'il en soit, il était un homme âgé qui, de son vivant, pouvait agir comme une statue de bronze, et cela sans paraître ridicule.

Il fit glisser dans ses rainures la porte vitrée qui conduisait du vestiaire à la salle de bains.

Celle-ci était bondée et à travers les nuages de vapeur apparaissaient les vagues silhouettes des hommes. Le plafond répercutait les bruits d'eau, les bruits sourds des petits baquets de bois entrechoqués, les éclats de rire ; la salle débordait à la fois d'eau chaude et d'une sensation de détente après une journée de travail.

Terukichi ne se rinçait jamais le corps avant d'entrer dans le bain. Il lui importait peu de se plonger dans une eau très chaude. Il ne se préoccupait pas plus des effets d'une très grande chaleur sur son cœur ou les vaisseaux sanguins de son cerveau que des parfums ou des cravates.

Quoique leurs visages fussent aveuglés d'eau, les baigneurs s'aperçurent que c'était Terukichi et le saluèrent courtoisement. Terukichi se plongea dans l'eau jusqu'à son menton hautain.

Deux jeunes pêcheurs qui se lavaient près de la piscine n'avaient pas remarqué l'arrivée de Terukichi. Sans se gêner ils continuèrent à haute voix de parler des commérages concernant Terukichi.

— L'oncle Miyata Teru doit être tombé en enfance. Que sa fille ait été déflorée, il n'y a même pas fait attention. Ce Kubo Shinji a opéré d'une manière épatante. Pendant qu'on disait de lui : c'est un enfant ! c'est un enfant ! il a enlevé la fleur et il est parti.

Les baigneurs détournaient les yeux du visage de Terukichi et s'inquiétaient. Terukichi sortit tout rouge et bouillant de son bain mais le visage calme en apparence. Prenant un petit

143

baquet de bois dans chaque main il alla les remplir au réservoir d'eau froide puis il s'approcha des deux jeunes gens, leur versa l'eau glacée sur la tête sans avertissement et leur donna à chacun un coup de pied dans les fesses.

Les deux garçons, à moitié aveuglés par la mousse de savon, étaient sur le point de partir à la riposte, mais quand ils comprirent que leur adversaire était Terukichi ils hésitèrent. Le vieux les empoigna alors par la peau du cou, bien que leur peau glissât sous ses doigts, il les tira sur le bord de la cuve, leur donna une terrible poussée et tint leurs têtes sous l'eau chaude. Les tenant fermement par le cou dans ses gros doigts il les secoua comme s'il avait rincé du linge et leur cogna la tête l'une contre l'autre. Pour finir, Terukichi, sans se laver, quitta la salle à grandes enjambées, ne jetant pas même un regard sur les autres baigneurs qui s'étaient levés en proie à une profonde stupéfaction.

CHAPITRE XI

Le lendemain, au moment du déjeuner sur le *Taibei-maru*, le patron Jukichi tira de sa blague à tabac un petit morceau de papier qu'il tendit à Shinji en ricanant. Quand Shinji voulut le prendre, Jukichi lui dit :

— Ecoute, si je te donne cela à lire, promets de ne pas fainéanter ensuite au lieu de travailler.

— Je ne suis pas homme à faire cela, riposta Shinji brièvement mais positivement.

— C'est bon. C'est une promesse d'homme. Ce matin, alors que je passais devant la maison de l'oncle Teru, Hatsue est sortie et trottinant derrière moi sans rien dire elle m'a glissé ce papier dans la main. Puis elle est rentrée. Pensant que, malgré mon âge, je recevais une lettre d'amour je l'ai ouverte le cœur heureux. Et alors, n'était-il pas écrit Monsieur Shinji ? Idiot que je suis, me dis-je, et alors j'allais la déchirer et la jeter à la mer, mais ç'aurait été dommage pour toi, et je te l'ai apportée.

Shinji prit la lettre, le patron et Ryûji riaient.

Le fin papier avait été maintes fois replié pour le rendre plus petit et Shinji prit soin de ne pas le déchirer avec ses doigts épais et noueux. Des bribes de tabac tombèrent des plis dans ses mains.

Le billet avait été commencé avec un stylo mais, deux ou trois lignes après le début, l'encre était épuisée et elle avait continué avec un crayon pâle. L'écriture était enfantine, la lettre disait :

« ... Hier soir mon père, ayant entendu au bain public de vilains cancans sur nous, s'est mis dans une grande colère. Il m'a ordonné de ne plus jamais revoir Shinji san. J'ai eu beau lui donner des explications, c'était inutile avec un homme tel que lui. Il dit que je ne dois pas sortir de la maison à partir du moment où les bateaux de pêche rentrent l'après-midi jusqu'au moment où ils repartent le matin. Il dit que lorsque notre tour de puiser de l'eau viendra, il demandera à une vieille voisine de le faire pour nous. Je ne puis donc rien faire. Je me sens misérable, misérable. Je n'en puis plus. Et il dit que les jours où il n'y aura pas de pêche il restera près de moi et ne me quittera pas des

146

yeux. Comment pourrai-je revoir Shinji san ?
Réfléchissez à un moyen pour nous rencontrer.
J'ai peur pour nous d'envoyer ma correspon-
dance par la poste parce que le vieux directeur
de la poste serait au courant. J'écrirai tous les
jours, je pincerai mes lettres sous le couvercle
de la jarre qui se trouve devant la cuisine.
Veuillez faire de même pour vos réponses.
Comme il serait dangereux de venir vous-
même, trouvez un ami de confiance pour venir
à votre place. Il y a si peu de temps que je suis
dans l'île que je ne connais personne à qui je
puisse me fier. Oh ! Shinji san, continuons de
vivre avec des cœurs vaillants. Chaque jour je
prierai devant les tablettes funéraires de ma
mère et de mon frère aîné pour qu'aucun
accident ne vous arrive. Sûrement le Bouddha
connaît mes sentiments. »

Pendant que Shinji lisait sa lettre, apparaissaient tour à tour sur son visage comme l'ombre
et la lumière du soleil : la peine d'être séparé de
Hatsue et le plaisir qu'il éprouvait en sentant la
réalité de son affection.

Au moment précis où Shinji terminait la
lecture de la lettre, Jukichi la lui arracha des
mains comme si c'était le droit du porteur d'un
message d'amour et il la lut d'un bout à l'autre.
Non seulement il la lut tout haut pour que
Ryûji l'entende mais il la lut sur un ton de

ballade qui lui était propre. Shinji savait que Jukichi lisait toujours le journal à haute voix sur le même ton de mélopée qu'il employait maintenant sans la moindre malice, mais Shinji avait de la peine en entendant travestir ainsi la lettre sérieuse écrite par la fille qu'il aimait.

En fait, Jukichi était sincèrement ému par la lettre et tout en lisant il poussait de profonds soupirs et proférait maintes interjections. Lorsqu'il eut fini il donna son opinion de la même voix puissante qu'il prenait pour donner des ordres à la pêche, une voix qui portait à cent mètres dans toutes les directions sur la mer calme de midi.

— Vraiment les filles sont des sages, n'est-ce pas ?

Dans le bateau ne se trouvaient que deux personnes en qui Shinji pût avoir confiance, de sorte que lorsque Jukichi l'en pressa il s'ouvrit peu à peu à eux. Sa manière de raconter l'histoire fut maladroite. Il mentionnait les événements sans ordre ; il laissa tomber les points importants. Il lui fallut beaucoup de temps pour terminer son récit. Finalement il arriva au cœur de son sujet et dit comment, le jour de la tempête, lorsqu'ils furent tous deux nus dans les bras l'un de l'autre, il s'était arrêté avant d'atteindre le but. Alors Jukichi qui

d'ordinaire ne souriait pas partit d'un éclat de
rire qui n'en finissait pas.

— Oh ! Si j'avais été à ta place ! Si j'avais été
à ta place ! C'est une chose pitoyable, mais cela
doit arriver à ceux qui n'ont pas encore connu
de femmes. Et puis la fille était trop forte pour
toi. Quelle histoire ridicule ! Bah ! Quand elle
sera ta femme, avec dix revenez-y par jour cela
fera la compensation.

Ryûji, d'un an plus jeune que Shinji, écoutait ; il avait l'air tantôt de comprendre, tantôt
de ne pas comprendre. Quant à Shinji il n'avait
pas les nerfs sensibles comme un garçon de la
ville à ses premières amours. Les railleries du
patron ne le blessaient pas mais lui étaient
plutôt consolantes et chaudes au cœur. Les
vagues qui berçaient doucement le bateau
tranquillisaient son esprit ; maintenant qu'il
avait raconté toute son histoire il se sentait en
paix, ce lieu où il travaillait était pour lui un
lieu de repos que rien n'aurait pu remplacer.

Ryûji qui passait chaque matin devant la
maison de Terukichi en descendant au port
s'offrit pour prendre les lettres sous le couvercle
de la jarre.

— Alors, à partir de demain, tu vas être le
directeur de la poste, dit Jukichi qui plaisantait
rarement.

Les lettres quotidiennes devinrent le sujet

des conversations au cours du repos que prenaient les trois hommes à midi. Tous trois partageaient toujours les tourments et la colère qu'elles contenaient. La deuxième des lettres surtout excita leur indignation. Hatsue racontait comment Yasuo l'avait assaillie en pleine nuit près de la fontaine et l'avait menacée. Elle disait que bien qu'elle eût tenu sa promesse de n'en rien dire, Yasuo s'était vengé en propageant dans tout le village cette histoire fausse à propos de Shinji et d'elle ; elle ajoutait que lorsque son père lui avait défendu de revoir Shinji elle lui avait expliqué tout en toute franchise et lui avait raconté de quelle manière scandaleuse Yasuo s'était conduit, mais son père n'avait pas réagi contre Yasuo, qu'il avait continué à fréquenter en toute cordialité la famille de Yasuo. Elle était dégoûtée à la seule vue du visage de Yasuo. Elle donnait tous ces détails et terminait en assurant Shinji qu'elle resterait toujours en garde vis-à-vis de Yasuo.

Jukichi prit violemment le parti de Shinji et les yeux de Shinji lui-même flambèrent d'une colère que l'on avait rarement vue sur son visage.

— C'est parce que je suis pauvre que cela ne va pas, dit Shinji.

C'était une plainte qui ne s'était jamais échappée de ses lèvres. Il sentait des larmes de honte jaillir de ses yeux, non parce qu'il était pauvre mais parce qu'il avait été trop faible pour retenir une pareille plainte. Mais il durcit fortement ses traits pour retenir ses larmes inattendues et ne pas montrer aux autres un visage piteux.

Cette fois, Jukichi ne rit pas. Jukichi avait grand plaisir à fumer ; il avait la curieuse habitude d'allumer la pipe un jour et des cigarettes le lendemain. Aujourd'hui c'était le jour des cigarettes. Les jours de pipe, il tapait souvent sa pipe de laiton contre le bord du bateau. A la longue il avait fait un petit trou à un bout du plat-bord. C'est parce qu'il aimait tellement son bateau qu'il avait décidé de ne fumer sa pipe que tous les deux jours et de fumer des cigarettes « Vie nouvelle » à la place, se taillant lui-même un fume-cigarette dans un morceau de corail.

Jukichi détourna ses regards des deux jeunes gens et tenant toujours son fume-cigarette entre ses dents regarda l'étendue du golfe d'Ise couvert de brume. Le cap Moro, à l'extrémité de la presqu'île de Chita se devinait dans le brouillard.

Le visage d'Oyama Jukichi était comme du cuir. Le soleil qui l'avait brûlé avait presque complètement noirci le fond de ses profondes rides. Il avait le lustre d'un cuir poli. Ses yeux étaient vifs et pénétrants mais ils avaient perdu la limpidité de la jeunesse ; maintenant ils paraissaient embués de la même saleté dont sa peau était couverte et qui lui permettait de supporter n'importe qu'elle lumière, quelque intense qu'elle fût.

Sa longue expérience de pêcheur ainsi que les années lui avaient appris à attendre tranquillement. Il dit :

— Je sais exactement ce que vous pensez tous les deux. Vous projetez de flanquer une raclée à Yasuo... mais croyez-moi, cela ne servirait à rien. C'est un imbécile. Ne vous occupez pas de lui. Je devine que c'est dur pour Shinji, mais la patience est la principale chose. Il en faut pour prendre un poisson. Sûrement tout ira bien maintenant. Ce qui est juste remporte la victoire, même si l'on se tait. L'oncle Teru n'est pas un idiot. Il sait distinguer ce qui est correct de ce qui ne l'est pas. Laissez Yasuo tranquille. Ce qui est juste finira par gagner.

Tout en arrivant avec un retard d'un jour, les cancans du village parvinrent au phare en même temps que la distribution du courrier et des provisions.

La nouvelle que Terukichi avait défendu à Hatsue de voir Shinji donna à penser à Chiyoko qu'elle était coupable et son cœur en fut tout

152

assombri. Elle crut trouver une certaine consolation dans la pensée que Shinji ignorait sans doute qu'elle était à la source des bavardages. Malgré tout, elle ne put regarder Shinji en face quand il apporta un jour du poisson ; elle avait perdu tout entrain. D'autre part, ses bons parents, ne comprenant pas la raison de sa mauvaise humeur, pleuraient.

Les vacances de printemps de Chiyoko tiraient à leur fin et le jour vint où elle devait retourner à Tôkyô dans son dortoir.

Elle ne pouvait avouer que le cancan venait d'elle, pourtant elle sentait qu'elle ne pourrait pas raisonnablement retourner à Tôkyô si Shinji ne lui pardonnait pas. Si elle n'avouait pas sa faute Shinji n'aurait pas de raison particulière pour lui en vouloir, cependant elle voulait lui demander pardon.

Elle fut invitée à passer la nuit précédant son départ à la maison du directeur de la poste et elle se rendit seule à la plage avant l'aube alors que les bateaux se préparaient pour le départ à la pêche.

Les gens travaillaient à la lumière des étoiles, les bateaux furent montés sur leurs glissières. Avec des appels de voix répétés les bateaux descendirent cahin-caha vers le bord de l'eau. On ne pouvait rien voir distinctement sauf les serviettes dont les hommes s'étaient ceint le front.

L'une après l'autre les socques de bois de Chiyoko s'enfonçaient dans le sable froid qui s'écoulait doucement sur le cou-de-pied.

Tout le monde était occupé et personne ne remarquait Chiyoko. A la vue de toutes ces personnes prises tout entières par le tourbillon monotone mais puissant de la lutte pour la nourriture quotidienne qui consumait jusqu'à l'extrême leur corps et leur âme, et en pensant que parmi elles, qui travaillaient avec tant de zèle, il n'y en avait pas une seule qui s'occupât de problèmes sentimentaux tels que le sien, Chiyoko se sentait un peu honteuse.

Cependant Chiyoko cherchait Shinji dans l'obscurité de l'aube. Tous les hommes portaient le même costume et il était difficile de distinguer leurs visages dans le demi-jour.

L'un des bateaux finit par atteindre les vagues et flotta enfin comme s'il avait été libéré des liens qui le retenaient. Sans réfléchir Chiyoko s'en approcha et appela un jeune homme qui avait une serviette enroulée autour de la tête.

Le jeune homme allait sauter à bord mais il s'arrêta et se retourna. Dans le visage souriant qui montrait des dents d'une blancheur éclatante, Chiyoko reconnut Shinji.

154

— Je pars aujourd'hui. Alors je pensais pouvoir vous dire au revoir.

— Ah ! vraiment.

Shinji se taisait ; puis, comme il avait cherché ce qu'il convenait de dire, il ajouta d'un ton qui n'était pas naturel :

— C'est bien… Au revoir.

Shinji était pressé. Chiyoko le savait et elle était encore plus pressée que lui. Elle ne pouvait dire un mot, encore moins avouer sa faute. Elle ferma les yeux, priant pour que Shinji restât, ne fût-ce qu'une seconde. A cet instant elle comprit que son idée de lui demander pardon n'était qu'un masque pour cacher le désir qu'elle avait depuis longtemps de le voir gentil à son égard.

Pour quel motif Chiyoko voulait-elle être pardonnée, elle si convaincue de sa laideur ! En un clin d'œil elle laissa échapper la question qu'elle avait toujours refoulée au fond de son cœur, une question qu'elle n'aurait probablement jamais posée à un autre qu'à Shinji.

— Shinji, suis-je si laide ?

— Quoi, demanda le jeune homme d'un air étonné.

— Mon visage… est-il si laid ?

Chiyoko espérait que l'obscurité de l'aube protégerait son visage, la ferait paraître belle si peu que ce fût. Mais la mer, à l'est, ne semblait-elle pas s'éclairer déjà ?

La réponse de Shinji fut immédiate. Etant pressé il échappa à une situation dans laquelle une réponse trop lente eût fendu le cœur de la jeune fille.

— Pourquoi dites-vous cela ? Vous êtes jolie, dit-il une main sur la poupe et un pied se levant pour sauter dans le bateau. Vous êtes jolie.

Tout le monde savait que Shinji était incapable de flatterie. Il avait simplement donné à une question une réponse pressée.

Le bateau commença à s'éloigner. Shinji se retourna pour faire de la main un geste amical. Il laissait sur le rivage une fille heureuse.

Plus tard, dans la matinée, les parents de Chiyoko descendirent du phare pour dire au revoir à leur fille. Pendant qu'ils lui parlaient, le visage de Chiyoko était plein de vie. Ils étaient surpris de voir combien leur fille était heureuse de retourner à Tôkyô.

Le *Kamikaze-maru* s'éloigna de la jetée et Chiyoko fut finalement seule sur le pont tiède. Dans la solitude, son sentiment de bonheur qu'elle avait ruminé toute la matinée, fut complet. « Il a dit que je suis jolie ! Il a dit que je suis jolie ! » Chiyoko répétait depuis un moment ce refrain des centaines de fois sans se

156

lasser. « C'est vraiment ce qu'il a dit. Je dois me contenter de cela et ne pas m'attendre à être aimée par lui. Il doit avoir quelqu'un qu'il aime. Dans quelle situation misérable ne l'ai-je pas plongé à cause de ma jalousie ? Et pourtant en échange de ma traîtrise il m'a dit que j'étais jolie. Je lui dois une réparation. Il faut que je fasse ce que je pourrai. »

Les rêveries de Chiyoko furent interrompues par l'écho d'un chant étrange qu'apportaient les vagues. Quand elle regarda elle vit une flotte de bateaux avec des bannières rouges qui venaient du canal d'Irako.

— Qui sont ceux-là ? demanda Chiyoko au jeune aide du capitaine qui lovait un cordage sur le pont.

— Ce sont des bateaux de pèlerins en route pour les temples d'Ise. Les pêcheurs de la région d'Enshu et de Yaizu sur la baie de Suruga emmènent leurs familles avec eux à Toba sur leurs bateaux thoniers. Les noms des bateaux sont écrits sur les bannières rouges. Ils passent leur temps à boire, chanter et jouer.

Les bannières rouges apparurent de plus en plus distinctement et lorsque les bateaux de pêche rapides, faits pour naviguer sur l'océan, se rapprochèrent du *Kamikaze-maru* les voix des

chanteurs apportées par le vent se firent
bruyantes.

Une fois de plus, Chiyoko se répéta : « Il
m'a dit que je suis jolie. »

CHAPITRE XII

Ainsi arriva-t-on vers la fin de l'été. Les arbres devenaient de plus en plus verts. Il était encore un peu tôt pour que fleurissent les massifs de crinums sur la falaise orientale mais l'île se teintait çà et là de nombreuses autres fleurs. Les enfants allaient de nouveau à l'école et quelques femmes plongeaient déjà dans l'eau froide pour récolter des algues wakamé. Aussi y avait-il au milieu de la journée de plus en plus de maisons désertes, portes non fermées, fenêtres ouvertes. Les abeilles volaient en toute liberté dans ces maisons vides et étaient étonnées quand elles venaient se heurter de plein fouet à un miroir.

Shinji, à l'esprit peu inventif, n'avait trouvé aucun moyen de rencontrer Hatsue. Quoique leurs entrevues aient été rares et espacées, le doux espoir d'une prochaine rencontre lui avait rendu l'attente supportable. Mais maintenant qu'il savait qu'il n'y aurait pas de prochaine rencontre son désir de la voir n'en devenait que plus fort. Cependant la promesse qu'il avait faite à Jukichi de ne pas paresser l'empêchait de prendre un jour de congé pendant la pêche ; il ne lui restait rien d'autre à faire que de guetter chaque soir en rentrant de la pêche le moment où les rues étaient vides pour aller rôder autour de la maison de Hatsue. Quelquefois une fenêtre s'ouvrait au premier étage et le visage de Hatsue apparaissait. En dehors des heureuses occasions où la lune éclairait ce visage, Hatsue était enveloppée d'obscurité. Même dans ce cas, l'acuité de la vue du jeune homme lui permettait de voir clairement qu'elle avait des larmes dans les yeux. Par crainte des voisins, Hatsue ne parlait jamais. Shinji non plus, debout contre le petit mur bas du jardin derrière la maison, ne disait pas un mot, se contentant de lever les yeux vers Hatsue. Naturellement la lettre que Ryûji apportait le lendemain s'étendait longuement sur l'amertume de rencontres aussi éphémères. En la lisant l'image et la voix de Hatsue comptaient seules pour lui et, dans son esprit, la fille muette qu'il avait vue la veille parlait et se mouvait pleine de vie.

De telles rencontres étaient pénibles pour Shinji, aussi parfois préférait-il soulager sa mélancolie en se promenant dans des parties de l'île peu fréquentées. Il lui arrivait de pousser jusqu'au sud de l'île où se trouvait le tumulus du prince Deki. On ne voyait guère où étaient les limites de cette vieille tombe mais au sommet du tertre il y avait sept vieux pins entourant un petit torii et un temple.

La légende du prince Deki était vague. On ne savait même rien sur les origines de ce nom bizarre. Une cérémonie se perpétuait au Nouvel An de l'ancien calendrier à laquelle participaient des couples de plus de soixante ans d'âge devant qui on entrebâillait un coffre étrange contenant ce qui ressemblait à une de ces tablettes portées jadis par les nobles, mais personne ne savait quelle relation existait entre ce trésor mystérieux et le prince Deki. Jusqu'à une époque récente, les enfants de l'île appelaient leur mère eya et l'on disait que ceci venait de ce que le prince appelait sa femme heya (chambre) et que leur enfant le prononçait mal : eya, en imitant son père.

Quoi qu'il en soit, la légende raconte qu'il y a longtemps, longtemps, le prince était venu d'un pays lointain sur un bateau d'or qui avait dérivé et il avait abordé dans l'île où il avait pris une fille du pays pour femme ; quand il mourut on l'enterra sous un tumulus impérial. Aucune tradition n'avait été conservée concernant sa vie. Même si la légende était basée sur des faits authentiques, ce silence permettait de supposer que la vie du prince Deki à Utajima avait été si heureuse et exempte d'incidents, qu'elle n'avait donné naissance à aucun conte tragique.

Peut-être le prince Deki était-il un être céleste descendu sur une terre inconnue. Peut-être a-t-il vécu sa vie sur terre sans être reconnu et, les années passant, ne fut jamais privé de bonheur ainsi que des bénédictions célestes. C'est peut-être pourquoi ses restes furent enterrés sous un tumulus dominant la splendide Plage de Cinq Lieues et l'île de Hachijo sans laisser la moindre histoire à la postérité.

Cependant le jeune homme en peine errait autour du temple jusqu'à en être fatigué ; l'esprit dans les nuages, il s'asseyait sur l'herbe, entourant ses genoux avec ses bras et il contemplait la mer éclairée par la lune. La lune était entourée d'un halo, signe de pluie pour le lendemain.

Le lendemain matin, lorsque Ryûji s'arrêta devant la maison de Hatsue pour prendre la lettre quotidienne il la trouva dépassant légèrement hors du couvercle de la jarre, recouverte d'une cuvette de cuivre pour la protéger de la pluie. Il ne cessa de pleuvoir de toute la journée. Shinji s'arrangea pour lire la lettre au cours du repas de midi en l'abritant sous son imperméable.

L'écriture était terriblement difficile à lire ; Hatsue expliquait qu'elle écrivait à tâtons dans son lit dans l'obscurité des premières heures du matin pour éviter les soupçons si elle avait allumé sa lampe. D'habitude elle écrivait ses lettres à des heures variées dans la journée et les « postait » avant le départ des bateaux de pêche le lendemain matin. Mais ce matin, écrivait-elle, elle avait quelque chose qu'elle voulait dire tout de suite, de sorte qu'elle avait déchiré la longue lettre qu'elle avait écrite la veille et la remplaçait par celle-ci.

Elle disait qu'elle avait fait un rêve d'heureux présage dans lequel un dieu lui avait dit que Shinji était une réincarnation du prince Deki, qu'elle ferait avec lui un mariage heureux et qu'ils auraient un enfant beau comme une perle.

Shinji savait que Hatsue ne pouvait être au courant de sa visite à la tombe du prince Deki la nuit précédente. Il fut tellement frappé par cette coïncidence surprenante qu'il décida d'écrire longuement à Hatsue quand il rentrerait le soir et de lui faire part de cette preuve étonnante de la signification cachée de son rêve divinatoire.

Maintenant que Shinji subvenait aux besoins de la famille, il n'était plus nécessaire pour sa mère d'aller plonger quand l'eau était encore froide. Elle avait donc décidé d'attendre le mois de juin pour aller plonger. Mais cette femme était une travailleuse et comme le temps se réchauffait, il lui parut insuffisant de ne faire que des besognes de ménage. Quand elle était désœuvrée elle était sujette à se faire des soucis à propos de choses inutiles.

Elle était toujours angoissée par le chagrin de son fils. Shinji était maintenant tout à fait différent du garçon qu'il était trois mois auparavant. Il avait toujours été un silencieux mais la gaieté juvénile qui éclairait son visage même quand il ne parlait pas s'était évanouie.

Un jour, elle avait terminé un travail de couture dans la matinée et un après-midi ennuyeux s'annonçait. Désœuvrée, elle commença à se demander s'il n'existait pas un moyen de soulager les tourments de son fils. Leur maison ne recevait pas le soleil, mais par-dessus le toit de la resserre des voisins elle pouvait apercevoir le ciel tranquille de la fin du printemps. Prenant sa décision, elle sortit.

Elle alla tout droit sur la jetée et regarda les vagues qui venaient s'y briser. Comme son fils, elle prenait conseil de la mer lorsqu'elle devait réfléchir.

La jetée était couverte de cordages pour pots à pieuvres qu'on avait étalés pour les sécher. La plage aussi, presque vide de bateaux, était parsemée de filets qui séchaient.

La mère aperçut un papillon qui volait devant des filets étendus et se dirigeait capricieusement vers la jetée. C'était un magnifique grand-porte-queue noir. Il venait peut-être chercher une fleur nouvelle et étrange sur les engins de pêche et les filets qui couvraient le sable et le béton. Les maisons des pêcheurs n'avaient pas de jardins dignes de ce nom, mais seulement quelques parterres entourés de pierres le long des rues étroites et le papillon était probablement descendu vers le rivage, dégoûté par les maigres fleurs.

Au-delà de la jetée les vagues rongeaient constamment le fond de la mer, donnant à l'eau une couleur jaune verdâtre. Quand une vague arrivait elle donnait à cette saleté une apparence de feuilles de bambou. La mère vit le papillon quitter la jetée et voler au ras de cette eau sale. Là, il parut reposer ses ailes un instant et puis s'envola haut dans les airs. « Quel papillon étrange ! Il imite les mouettes », pensait-elle.

Ayant fait cette réflexion, son esprit fut fortement accaparé par le papillon. Celui-ci dansait haut dans le ciel. Il semblait s'éloigner de l'île, volant contre la brise matinale. Quoique le vent fût faible, il frappait durement ses ailes fragiles. Cependant il s'éleva haut dans les airs et s'éloigna de l'île. La mère continua à le regarder jusqu'à ce qu'il ne fût plus qu'un point noir dans le ciel éblouissant.

Longtemps le papillon voltigea dans un coin du champ de vision de la mère, puis volant bas et avec hésitation au-dessus de l'eau il revint à la jetée, fasciné par l'étendue et l'éclat de la mer, désespéré peut-être en voyant que l'île voisine qui lui apparaissait si proche était pourtant si loin.

Le papillon ajouta à l'ombre d'un cordage qui séchait ce qui paraissait l'ombre d'un gros nœud et reposa ses ailes.

La mère n'était pas femme à croire aux signes et aux superstitions et cependant les vains efforts du papillon jetaient une ombre sur son cœur. « Quel idiot, ce papillon ! S'il veut s'en aller ailleurs il n'a qu'à se poser sur le ferry-boat et voyager agréablement ! » Pourtant, elle-même n'avait pas pris le ferry-boat depuis de longues années, n'ayant rien à faire en dehors de l'île.

A ce moment un courage insensé prit naissance dans son esprit pour une raison inconnue. D'un pas décidé elle quitta rapidement la jetée. En chemin, une plongeuse la salua et fut surprise de voir la mère de Shinji s'en aller résolument, l'air préoccupé.

Miyata Terukichi était l'un des hommes les

plus riches du village. Naturellement tout ce qu'on pouvait dire de sa maison, c'est qu'elle était un peu plus neuve que les autres maisons du village. Autrement, on ne pouvait même pas dire que son toit de tuiles dominât les toits environnants. La maison n'avait pas de portail extérieur, elle n'était pas entourée d'un mur de pierre. Elle n'était pas disposée autrement que les autres : à gauche de l'entrée était l'ouverture pour la vidange des latrines, à droite, la fenêtre de cuisine, chacune prétendant majestueusement au même rang que l'autre, exactement de la même manière que les Ministres de Gauche et de Droite occupent leurs places d'honneur de chaque côté d'un arrangement pour la Fête des Poupées...

Toutefois, comme la maison était construite sur une pente, elle donnait une certaine impression de stabilité grâce à un sous-sol en béton qui servait de resserre et dont les fenêtres s'ouvraient tout près du sol sur le chemin étroit.

Près de l'entrée de la cuisine se trouvait une jarre assez grande pour contenir un homme. Son couvercle de bois sous lequel Hatsue coinçait ses lettres chaque matin était censé protéger l'eau de la poussière et des saletés mais quand venait l'été, il n'empêchait pas les moustiques et autres insectes volants de s'introduire dans la jarre où l'on retrouvait leurs corps noyés à la surface de l'eau. La mère de Shinji hésita un moment avant d'entrer dans la maison. Il suffisait de la visite à la maison Miyata, qu'elle ne fréquentait pas habituellement, pour faire jaser dans le village. Elle regarda autour d'elle, on ne voyait personne. Il n'y avait que quelques poules qui grattaient le chemin et la couleur de la mer en bas, aperçue à travers les chétives azalées de la maison voisine.

La mère porta la main à ses cheveux et trouvant que la brise de mer les avait un peu dérangés, elle tira de son sein un petit peigne rouge de celluloïd auquel manquaient des dents et se coiffa rapidement. Ses vêtements étaient ceux de tous les jours. Au-dessous de son visage exempt de poudre commençait sa poitrine brûlée de soleil, puis venait une veste en forme de kimono et un pantalon de travail avec de nombreuses pièces. Elle avait les pieds nus sur ses socques de bois.

Ses doigts de pied avaient été endurcis par les blessures répétées qu'ils avaient reçues par suite de l'habitude qu'ont les plongeuses de frapper avec leurs pieds le fond de la mer quand elles veulent remonter à la surface et leurs ongles étaient durs, pointus et recourbés, de sorte qu'on n'aurait jamais pu les qualifier de beaux, mais quand ils étaient posés sur le sol ils étaient inébranlables.

Elle pénétra dans l'entrée en terre battue. Plusieurs paires de socques gisaient pêle-mêle sur le sol, l'une d'elles renversée. Une paire qui avait des cordons rouges paraissait être revenue de la mer peu de temps auparavant, des empreintes de pieds y étaient restées en sable mouillé.

La maison était silencieuse, une odeur de latrines flottait dans l'air. Les pièces donnant sur l'entrée étaient sombres, mais la lumière du soleil pénétrait par une fenêtre quelque part au bout de la maison et projetait sur le sol d'une des pièces du fond une tache brillante semblable à une étoffe d'emballage [1].

— Bonjour, fit la mère pour appeler.

Elle attendit quelque temps. On ne répondit pas. Elle appela de nouveau.

Hatsue descendit d'un escalier semblable à une échelle qui se trouvait sur l'un des côtés de l'entrée en terre.

— Ah ! Grand-mère ! dit-elle.

Elle portait un pantalon de travail d'une couleur discrète. Ses cheveux étaient attachés avec un ruban jaune.

1. Il s'agit d'une pièce d'étoffe grossière dont on empaquette tous objets.

— Vous avez un joli ruban, dit la mère en manière de compliment.

En parlant elle inspectait minutieusement les traits de cette fille pour qui son fils brûlait d'un tel amour.

C'était peut-être son imagination, mais le visage de Hatsue lui parut émacié, son teint pâle, ce qui n'en faisait que mieux ressortir ses yeux noirs et brillants.

Hatsue, se sentant observée, rougit.

La mère était ferme dans son courage. Elle voulait rencontrer Terukichi, plaider l'innocence de son fils, lui ouvrir son cœur en toute sincérité et unir les deux jeunes gens. Il n'y avait pas d'autre solution qu'une conversation entre elle et Terukichi.

— Votre père est-il à la maison ?

— Oui, il y est.

— J'ai quelque chose à lui dire. Voulez-vous le lui annoncer ?

— Très bien.

La jeune fille monta l'escalier ; une gêne se lisait sur son visage. La mère s'assit sur une marche. Elle attendit longtemps, regrettant de ne pas avoir de cigarettes sur elle. L'attente affaiblissait son courage. Elle commença à comprendre à quelle folie son imagination l'avait conduite.

Les marches craquèrent doucement lorsque

Hatsue commença à redescendre. Elle ne descendit pas jusqu'en bas. A mi-chemin, elle appela en se penchant légèrement. L'escalier était sombre et on voyait mal son visage quand elle regarda en bas.

— Hm... Père a dit qu'il ne voulait pas vous voir, mais...

— Il ne veut pas me voir ?

— Non.

Cette réponse enleva à la mère tout son courage. Le sentiment de son humiliation la conduisit à un accès de furie. En un instant elle revit une longue vie de dur travail, les difficultés inexprimables auxquelles elle avait dû faire face quand elle était devenue veuve. D'une voix qui avait l'air de vouloir cracher au visage de quelqu'un, et déjà à moitié sortie de la maison, elle s'écria en colère :

— C'est bien ! Vous ne voulez pas parler à une pauvre veuve. Vous ne voulez pas me voir franchir de nouveau le seuil de cette maison. Je vous dis ceci que vous répéterez à votre père. Jamais plus vous ne me reverrez ici.

La mère ne pouvait envisager de raconter son échec à son fils. Se faisant agressive, elle s'en prit à Hatsue et dit à son sujet de telles méchancetés qu'au lieu de venir au secours de son fils elle se querella avec lui.

La mère et le fils ne se parlèrent pas de toute

une journée mais le lendemain ils firent la paix. Puis soudain, voulant faire amende honorable devant son fils, elle lui révéla sincèrement l'échec de sa visite à Terukichi. Shinji était déjà au courant par une lettre de Hatsue.

Dans sa confession, la mère passa sous silence la scène finale dans laquelle elle avait craché violemment à leur face des paroles de menaces. La lettre de Hatsue non plus, par égard pour Shinji, n'y avait pas fait allusion. Mais Shinji en avait gros sur le cœur de l'humiliation qu'avait dû subir sa mère en étant chassée de la maison de Terukichi. En même temps, ce jeune homme plein de gentillesse se disait que même s'il n'approuvait pas les méchancetés de sa mère au sujet de Hatsue, il ne pouvait pas la blâmer de les avoir dites. Jusqu'alors il n'avait jamais essayé de cacher à sa mère son amour pour Hatsue, mais il se promit de ne plus jamais se confier à personne sauf à son patron et à Ryûji. Il en décida ainsi à cause de son respect pour sa mère.

Ainsi sa mère se trouva-t-elle plus isolée que jamais pour avoir échoué dans une bonne action.

Par bonheur la pêche ne chôma pas un seul

jour, car s'il y avait eu un jour de repos cela n'aurait servi qu'à accroître le chagrin de Shinji de ne jamais revoir Hatsue. Le mois de mai arriva et les rencontres restaient interdites. Un jour Ryûji arriva avec une lettre qui porta Shinji au septième ciel.

« ... Demain soir, Père reçoit des visiteurs exceptionnels. Il y aura des fonctionnaires de la préfecture de Tsu et ils passeront la nuit à la maison. Lorsqu'il reçoit, mon père boit toujours beaucoup et va se coucher tôt. Je crois que je pourrai quitter la maison vers 23 heures. Attendez-moi au temple de Yashiro. »

Lorsque Shinji revint de la pêche, ce jour-là il mit une chemise neuve. Sa mère, ne recevant aucune explication, le regarda craintivement. Elle se faisait autant de soucis pour son fils que le jour de la tempête.

Shinji avait suffisamment fait l'expérience pénible de l'attente. Dès lors il se dit qu'il pouvait faire attendre la jeune fille. Mais il ne le put. Dès que sa mère et Hiroshi furent couchés, il sortit. Jusqu'à 23 heures il avait encore deux heures.

Il pensa qu'il pourrait aller tuer le temps à l'Association des jeunes gens. Les fenêtres de la baraque sur la plage étaient éclairées et il entendait les voix des garçons qui couchaient là. Mais il s'imagina que l'on jasait sur son compte et il s'éloigna.

Il alla sur la jetée plongée dans la nuit et fit face à la brise de mer. Alors il se rappela le cargo blanc qui passait devant les nuages à l'horizon le soir où Jukichi lui avait appris qui était Hatsue puis l'étrange impression qu'il avait eue en le voyant disparaître. Ce bateau représentait l'« inconnu ». Tant qu'il avait observé l'inconnu à grande distance, son cœur avait été en paix mais dès qu'il eut pris place à bord et s'éloigna, le malaise, le désespoir, la confusion et l'angoisse s'étaient unis pour l'accabler.

Il croyait connaître la raison pour laquelle son cœur qui aurait dû être rempli de joie en ce moment lui donnait l'impression d'être écrasé et incapable de bouger. Hatsue qu'il allait rencontrer ce soir le presserait sans doute de prendre une prompte décision. L'enlever ? Mais tous deux vivaient sur une île isolée. S'enfuir sur un bateau ? Mais Shinji ne possédait pas de bateau et, tout d'abord, il n'avait pas d'argent. Alors ? Un double suicide ? Il y avait eu dans l'île des amants qui avaient pris cette solution. Mais le solide bon sens du jeune homme la repoussait et il se disait que ceux-là étaient des égoïstes qui ne pensaient qu'à eux. Il n'avait jamais cru que la mort fût une solution et, avant tout, il avait une famille à soutenir.

Pendant qu'il roulait ces pensées dans sa tête, le temps avait passé vite sans qu'il s'en doutât. Le jeune homme qui était peu expert dans le maniement de la pensée fut étonné de découvrir que l'une des propriétés inattendues de la réflexion était son efficacité pour tuer le temps. Néanmoins le jeune homme à l'esprit solide mit résolument fin à ses réflexions. Quelle que fût l'efficacité de sa nouvelle habitude de penser, ce qu'il découvrait par-dessus tout était qu'elles comportaient aussi un péril certain.

Shinji n'avait pas de montre. En fait, il n'en avait pas besoin. Il était doué de la faculté étonnante de dire de jour comme de nuit l'heure qu'il était.

Par exemple, les étoiles se déplaçaient. Eh bien, même s'il n'était pas un expert dans la mesure précise de leurs mouvements son corps percevait la rotation de l'immense roue de la nuit, la révolution de la roue gigantesque du jour.

Rapproché ainsi qu'il l'était des relations entre les choses de la nature, il n'était pas surprenant qu'il comprît l'ordre précis dans lequel elles se succédaient.

A vrai dire, lorsqu'il s'assit sur les marches de l'entrée du bureau du temple de Yashiro, il avait déjà entendu l'horloge frapper le coup d'une demi-heure, il était donc deux fois certain qu'il était 22 h 30. La famille du prêtre dormait paisiblement. Appliquant son oreille au volet de la maison le jeune homme entendit nettement l'horloge placée contre le mur sonner gentiment les onze coups.

Le garçon se leva et passant dans l'ombre profonde des pins s'arrêta au haut de l'escalier de pierre des deux cents marches conduisant vers le village en bas. Il n'y avait pas de lune, le ciel était couvert de nuages légers et l'on n'apercevait que rarement une étoile. Cependant les marches de grès avaient recueilli ce qui restait de la faible lumière de la nuit et pareilles à une immense cataracte descendaient de l'endroit où se tenait Shinji. La vaste étendue de mer du golfe d'Ise était complètement cachée dans la nuit mais on apercevait des lumières sur les rives éloignées, rares le long des presqu'îles de Chita et d'Atsumi, mais magnifiques et étroitement serrées aux environs de la ville d'Uji-Yamada.

Le jeune homme était fier de la chemise flambant neuve qu'il portait. Il était sûr que sa

176

blancheur éclatante frapperait l'œil même en se trouvant au plus bas des deux cents marches. A moitié de l'escalier s'étalait l'ombre noire des branches de pin qui s'étendaient là des deux côtés...

Une petite silhouette apparut en bas des marches. Le cœur de Shinji se mit à battre joyeusement. Le bruit des socques de bois montant résolument l'escalier résonnait avec une force hors de proportion avec la petitesse de la silhouette. Les pas se succédaient sans souci de perdre haleine.

Shinji résista au désir de courir vers le bas à sa rencontre. Après tout, puisqu'il avait attendu si longtemps, il avait le droit de rester calmement au sommet. Cependant, lorsqu'elle se serait assez rapprochée pour qu'il puisse voir son visage, le seul moyen de ne pas l'appeler à haute voix par son nom serait de descendre en courant vers elle. Quand allait-il apercevoir distinctement son visage ? Vers la centième marche ?

A ce moment, Shinji entendit d'étranges éclats d'une voix en colère. Certainement le nom de Hatsue était prononcé.

Hatsue s'était brusquement arrêtée à la centième marche qui était un peu plus large que les autres. Il pouvait voir l'agitation de sa poitrine.

177

Terukichi était sorti de l'ombre où il se cachait et avait pris sa fille par le poignet. Shinji vit que le père et la fille échangeaient des paroles violentes. Il restait figé au haut de l'escalier comme s'il y avait été attaché. Terukichi ne tourna même pas la tête dans sa direction, tenant toujours sa fille par le poignet, il descendit les marches.

Ne sachant que faire, se sentant la tête à moitié paralysée, le jeune homme resta dans la même position, immobile comme une sentinelle au haut de l'escalier.

Les silhouettes du père et de la fille arrivèrent en bas des marches, tournèrent à droite et disparurent.

CHAPITRE XIII

Lorsque la saison des plongées arrivait, les jeunes filles la regardaient exactement avec la même angoisse que les filles des villes ressentent à l'approche des examens de fin de cours. Leur jeu consistant à faire un concours de ramassage de galets au fond de l'eau, près du rivage, au cours de leurs premières années d'école les initiait à l'art de plonger et leur esprit de compétition s'accroissait. Mais lorsque l'amusement faisait place au travail sérieux et sévère, toutes les jeunes filles sans exception avaient peur et l'arrivée du printemps signifiait seulement que l'été détesté était proche. Il y avait le froid, la suffocation, l'indicible angoisse ressentie lorsque l'eau pénétrait sous le masque, la panique et la crainte de s'évanouir au moment où les doigts n'étaient plus qu'à quelques centimètres d'un ormier, et puis toutes sortes d'accidents et les blessures au bout des orteils lorsque pour remonter à la surface elles donnaient ce coup de pied au fond de la mer tapissé de débris de coquillages aux angles aigus, et la fatigue qui s'emparait de tout le corps après des plongées déraisonnablement forcées... Toutes ces choses se gravaient de plus en plus profondément dans leur mémoire ; leur crainte s'accroissait avec leur répétition. Souvent des cauchemars éveillaient subitement les filles profondément endormies et ne laissaient plus place aux rêves. Il leur arrivait souvent de tenter de regarder en pleine nuit dans leur lit paisible baigné d'obscurité, à travers la paume de leurs mains crispées sur une sueur abondante.

Il n'en était pas de même pour les plongeuses plus âgées, pour celles qui avaient un mari. Sorties de l'eau après leur plongée, elles chantaient, riaient, bavardaient d'une voix forte. Il semblait que le travail et le jeu ne faisaient qu'un chez elles. Les jeunes filles les regardaient avec envie et se disaient qu'elles n'arriveraient jamais à leur ressembler ; pourtant avec les années, elles étaient surprises de découvrir que sans s'en douter elles en étaient au point où elles pouvaient être comptées parmi les plongeuses confirmées et joyeuses.

A Utajima c'est en juin et juillet que les plongeuses travaillaient à plein. Elles opéraient

principalement sur la Plage du Jardin, du côté
oriental de la presqu'île de Benten.

Un jour, avant le commencement de la
saison, la plage était baignée par les rayons
ardents du soleil de midi que l'on ne pouvait
plus appeler un soleil de début d'été. Un feu
était allumé pour sécher les plongeuses et un
vent du sud entraînait sa fumée dans la
direction du tumulus du prince Deki. La Plage
du Jardin enserrait une petite crique au-delà de
laquelle s'étendait le Pacifique. Des nuages
d'été s'élevaient au-dessus du large.

Ainsi que le disait son nom, la Plage du
Jardin faisait un joli jardin. De nombreuses
roches de grès entouraient la plage ayant l'air
d'avoir été arrangées tout exprès pour que les
enfants puissent se cacher et jouer aux Indiens
en tirant des coups de pistolet. De plus leur
surface était douce au toucher. De place en
place des trous de la grosseur du petit doigt
servaient d'abris aux crabes et aux argules. Le
sable entre ces roches était d'un blanc pur. Au
sommet de la falaise regardant la mer à gauche,
les crinums étaient en pleine fleur ; ce n'étaient
pas les fleurs de fin de saison ressemblant à des
chevelures ébouriffées sortant du lit, mais de
lourds pétales blancs semblables à des oignons
royaux qui se dressaient sur le fond du ciel d'un
bleu de cobalt.

C'était la période de repos de midi et le tour du feu était animé bruyamment par les rires et les railleries. Le sable n'était pas encore assez chaud pour brûler la plante des pieds, et quoique froide l'eau n'était pas à cette température glaciale telle que les plongeuses dussent se précipiter sur leurs vestes ouatées pour se dresser autour du feu aussitôt qu'elles étaient sorties de l'eau.

Avec de grands cris, elles gonflaient leurs poitrines, exhibant leurs seins avec orgueil. L'une d'elles commença à soulever les siens avec ses deux mains.

— Non ! non ! Il ne faut pas mettre les mains parce que si vous vous servez de vos mains personne ne saura jusqu'à quel point vous trichez.

— Avec des seins comme les vôtres vous ne pourriez pas tricher, même en vous servant de vos mains ! Ce n'est pas vrai ?

Toutes riaient. Elles firent un concours des plus beaux seins.

Tous ces seins étaient brûlés par le soleil. S'il leur manquait une blancheur mystérieuse, ils n'en avaient pas moins une peau transparente qui révélait le tracé des veines. Cette peau ne semblait pas avoir une sensibilité particulière. Mais sous leur extérieur tanné, le soleil avait créé un lustre transparent analogue au miel. Le teint sombre des aréoles autour des bouts de seins se fondait graduellement dans cette couleur ambrée et ils ne se présentaient pas sous la forme de deux taches mystérieusement noires et humides.

Parmi ces seins rassemblés dans le tapage autour du feu, certains étaient déjà flétris, d'autres n'avaient plus que leurs bouts desséchés et durcis comme des raisins secs. Mais en général, c'étaient des muscles pectoraux bien développés qui supportaient les seins sur des poitrines larges et fermes sans les laisser pendre de leur propre poids. Leur aspect disait que ces seins s'étaient développés chaque jour sans honte sous le soleil, mûrissant comme des fruits.

L'une des filles déplorait que l'un des siens fût plus petit que l'autre ; une vieille lui dit crûment :

— Ne te fais pas de soucis. Tu auras bientôt un mari qui les caressera et leur donnera une belle forme.

Tout le monde rit, mais la fille paraissait ennuyée et insista :

— Etes-vous sûre, grand-mère O Haru ?

— C'est certain. J'ai connu une jeune fille comme toi ; une fois mariée ses seins sont devenus égaux.

La mère de Shinji était fière d'avoir des seins

encore dans leur fraîcheur. Parmi toutes les femmes mariées de son âge c'étaient les siens qui avaient le mieux conservé leur jeunesse. Comme si elle n'avait jamais été altérée d'amour ou jamais connu les souffrances de la vie, ses seins se dressaient tout au long de l'été vers le soleil, tirant de là leur force inépuisable.

Les seins des jeunes filles n'excitaient pas particulièrement sa jalousie. Il y en avait cependant une paire qui était l'objet de l'admiration de toutes, y compris la mère de Shinji. C'étaient ceux de Hatsue.

C'était le premier jour où la mère de Shinji était venue plonger. C'était aussi la première occasion qu'elle avait d'étudier Hatsue à loisir. Même après qu'elle eut jeté ses paroles insultantes à la face de Hatsue, elles avaient échangé des signes de tête quand il leur arrivait de se rencontrer, mais Hatsue n'était pas d'une nature bavarde.

Aujourd'hui encore, elles avaient été occupées par une chose, par une autre et n'avaient guère eu l'occasion de se parler. Même pendant ce concours de seins c'étaient surtout les vieilles qui bavardaient de sorte que la mère de Shinji déjà sur sa réserve fit exprès d'éviter d'entrer en conversation avec Hatsue.

Lorsqu'elle regarda les seins de Hatsue, son cœur faiblit ; elle comprit pourquoi, le temps

184

passant, les vilaines rumeurs au sujet de cette fille et de Shinji s'étaient éteintes. Nulle femme regardant ces seins ne pouvait garder de doutes. Non seulement c'étaient les seins d'une fille qui n'avait jamais connu d'homme, mais ils étaient comme des fleurs qui vont s'ouvrir et permettaient de deviner combien ils seraient beaux une fois épanouis. Entre deux monticules qui dressaient leurs boutons roses était une vallée qui, toute brunie qu'elle fût par le soleil, n'avait rien perdu de sa délicatesse, de son velouté et dont la peau veinée était fraîche, une vallée sur laquelle flottait le premier printemps. Se développant au même rythme que les membres, les seins n'étaient pas en retard sur le reste du corps. Cependant leur gonflement qui gardait encore la fermeté de l'enfance paraissait prêt à sortir du sommeil, à s'éveiller au moindre contact d'une plume, à la caresse de la brise la plus douce.

La vieille mère ne put résister à l'envie de toucher les bouts de ces seins si virginaux et, en même temps, si délicatement formés. Le contact de sa paume rude fit bondir Hatsue qui se leva.

Tout le monde rit.

— Eh bien, grand-mère O Haru, vous comprenez maintenant ce que les hommes en pensent ? demanda quelqu'un.

La vieille femme frotta ses seins ridés avec ses deux mains et s'écria à pleine voix :

— Eh bien quoi ? Les siens sont des pêches pas encore mûres, tandis que les miens sont des vieilles conserves mais qui sont encore très savoureuses.

Hatsue rit et secoua sa chevelure. Un bout d'algue verte transparente tomba de ses cheveux sur le sable éblouissant.

Elles prenaient toutes leur repas de midi quand un homme qu'elles connaissaient bien apparut de derrière les roches où il attendait le bon moment.

Les plongeuses poussèrent un cri d'effroi pour la forme, posèrent leur repas froid sur les feuilles de bambou qui les enveloppaient et serrèrent leurs bras sur leurs seins. A la vérité, elles n'étaient nullement effrayées. L'intrus était un vieux colporteur qui venait dans l'île à chaque saison et si elles faisaient semblant d'avoir honte c'était par moquerie pour son grand âge.

Le vieillard portait un pantalon râpé et une chemise à col ouvert. Il posa sur une roche son lourd paquet enveloppé d'une toile qu'il portait sur son dos et essuya la sueur de son visage.

— Je vous ai fait grand-peur, hein ? Si j'ai mal fait de venir, je vais m'en aller.

Le colporteur disait cela, sachant bien qu'elles ne le laisseraient jamais partir. Il savait que le meilleur moyen d'exciter le désir des plongeuses de lui acheter quelque chose était de faire une exposition de ses marchandises sur le rivage.

Sur la plage, les plongeuses étaient hardies. Alors il les laissait choisir ce qu'elles voulaient acheter et le même soir il livrait ses marchandises et encaissait l'argent. Les femmes aimaient aussi cette manière de faire parce qu'elles jugeaient mieux en plein jour les kimonos qu'elles achetaient. Le vieux colporteur étalait ses marchandises à l'ombre des rochers.

La bouche pleine de leur déjeuner les femmes firent le cercle autour des marchandises.

Il y avait des kimonos d'été en coton, des vêtements souples, des vêtements d'enfant, des ceintures non doublées, des caleçons, des gilets de corps ainsi que des écharpes que l'on noue sous la ceinture.

Le colporteur enleva le couvercle d'une boîte plate en bois solidement attachée et des cris d'admiration s'échappèrent du cercle des femmes. La boîte débordait de magnifiques porte-monnaie, de cordons pour les socques, de sacs à main en plastique, de rubans, de broches, etc., aux couleurs variées.

— Ah ! comme je voudrais avoir l'une de ces

choses, n'importe laquelle ! avoua ingénument l'une des jeunes plongeuses.

En un clin d'œil de nombreux doigts noircis par le soleil se tendirent ; les marchandises furent examinées avec soin et critiquées ; elles discutèrent entre elles pour savoir si telle chose allait ou n'allait pas avec telle autre et tout en plaisantant le marchandage marcha bon train. Il en résulta que le colporteur vendit à près de 2 000 yen deux pièces pour kimono d'été en étoffe de serviette, une ceinture non doublée en tissu mélangé et une foule de marchandises diverses. La mère de Shinji acheta un sac à provisions en plastique pour 200 yen et Hatsue acheta une pièce d'une étoffe à kimono d'été pour jeune, avec des liserons bleu foncé sur fond blanc.

Le vieux colporteur était tout réjoui d'avoir fait d'aussi bonnes affaires inespérées. Il était extrêmement maigre et l'on apercevait par le col ouvert de sa chemise ses côtes brûlées par le soleil. Ses cheveux poivre et sel étaient coupés court et les années avaient déposé de nombreuses taches brunes sur ses joues et ses tempes. Il ne lui restait plus çà et là que quelques dents teintées par le tabac, ce qui le rendait difficile à comprendre, plus difficile encore quand il élevait la voix. Toutefois à la manière dont ses joues se remuaient convulsivement et à ses gestes exagérés, les plongeuses comprirent que le colporteur allait leur rendre un service hors pair « sans en tirer aucun bénéfice » !

Dans sa boîte aux objets divers il farfouilla fébrilement d'une main dont le petit doigt avait un ongle terriblement long et tira trois superbes sacs à main en plastique.

— Regardez ! Le bleu pour la jeunesse, ce brun-là est pour un âge plus avancé et le noir pour celles qui vont vers la vieillesse.

— Moi je veux celui de la jeunesse ! cria la vieille que l'on a déjà entendue.

Tout le monde rit, obligeant le vieux colporteur à élever plus fort sa voix cassée.

— Des sacs en plastique dernier modèle ! Prix fixe : 800 yen.

— Oh ! Comme ils sont chers !

— Bien sûr il surfait sa marchandise.

— Non, non, je ne surfais pas : 800 yen et je vais offrir l'un de ces splendides sacs à l'une de vous, mesdames, en récompense pour votre aimable patronage…, absolument gratis !

De nombreuses mains innocentes se tendirent vers lui mais le vieux marchand les écarta d'un tour de bras.

— Un ! Un seul ! C'est le prix Omiya ; une sorte de sacrifice consenti par mon magasin, le Magasin Omiya en l'honneur de la prospérité du village d'Utajima. Nous allons faire un concours et l'un de ces sacs sera pour qui gagnera. Ce sera le bleu si la victoire revient à une jeune, le marron pour un âge moyen...

Les plongeuses retenaient leur souffle. Chacune pensait qu'avec un peu de chance elle pourrait recevoir gratis un sac à main de 800 yen.

Le marchand ambulant se rappelait sa carrière; il avait été jadis maître d'une école primaire dont une histoire de femme l'avait fait chasser, mais le silence des plongeuses lui donnait confiance dans son don de gagner les cœurs et il se disait qu'un jour il quitterait le colportage et dirigerait un centre de sports.

— Eh bien, si nous faisons un concours, il faut que ce soit pour le bien du village d'Utajima pour qui j'ai un sentiment de reconnaissance. Que penseriez-vous, mesdames, d'un concours de ramassage d'ormeaux? J'offrirai le prix à celle qui rapportera la plus grosse récolte dans l'heure qui vient.

Il étala cérémonieusement une étoffe à l'ombre d'une autre roche et y plaça gravement les trois sacs. A vrai dire, aucun de ces sacs ne valait plus de 500 yen mais ils avaient bien l'air d'en valoir 800. Le prix des jeunes était bleu ciel, de forme carrée, et sa couleur de cobalt, brillante comme celle d'un bateau fraîchement lancé, présentait un contraste frappant et char-

mant avec son fermoir plaqué or. Le prix de
l'âge moyen, le sac marron était aussi de forme
carrée et en simili peau d'autruche si bien
imitée par la presse dans le plastique qu'au
premier coup d'œil on ne pouvait dire si c'était
de la véritable peau d'autruche ou non. Le sac
noir pour femmes âgées était le seul à ne pas
être carré de forme mais avec un long et mince
fermoir doré et sa forme oblongue, c'était
vraiment une œuvre artisanale pleine d'un goût
raffiné.

La mère de Shinji, qui avait envie du sac
marron des âges moyens, fut la première à
donner son nom pour le concours... La
deuxième personne à se faire inscrire fut
Hatsue.

Emmenant les huit plongeuses concurrentes,
le bateau s'éloigna du rivage. Une grosse
femme d'âge moyen qui ne concourait pas se
tenait à la poupe et maniait la godille.

Sur les huit, Hatsue était la plus jeune.
Toutes les autres filles s'étaient abstenues,
sachant que de toute manière elles ne gagne-
raient pas et elles acclamèrent Hatsue. Les
femmes restées au rivage encourageaient chacune sa favorite.

Le bateau longeant d'abord le rivage en
direction du sud tourna sur la côte est de l'île.
Les plongeuses demeurées en arrière se rassem-

blèrent autour du vieux colporteur et chantèrent des chansons.

L'eau était claire et bleue dans la crique et lorsque les vagues étaient calmes on apercevait distinctement les roches rondes du fond, couvertes d'algues rouges et ayant l'air de flotter près de la surface. En réalité elles étaient profondément submergées. L'écume soulevée projetait sur le fond de l'eau des ombres ondulées et la réfraction des vagues. Mais dès qu'une vague s'élevait elle venait se briser sur la grève. Alors, le bruit s'en répercutait sur tout le rivage, pareil à un soupir profond qui couvrait le chant des plongeuses.

Une heure plus tard le bateau revint de l'est de l'île. Dix fois plus épuisées qu'à l'ordinaire à cause de la compétition, les huit plongeuses étaient appuyées les unes contre les autres, le buste nu, silencieuses, les yeux regardant au hasard dans le vague. Leurs chevelures mouillées et emmêlées s'enchevêtraient au point que l'on n'aurait distingué les cheveux de l'une d'elles de ceux de sa voisine. Leurs seins avaient la chair de poule et dans le soleil trop brillant, même leurs corps nus brûlés du soleil semblaient pâles, verdâtres et les faisaient ressembler à un groupe de cadavres de noyées.

La réception bruyante qui les attendait au

rivage ne correspondait pas au silence régnant sur le bateau qui arrivait lentement.

Descendues à terre, les huit plongeuses s'écroulèrent sur le sable autour du feu sans dire un mot.

Le colporteur compta le contenu des seaux de chaque plongeuse. Quand il eut fini il annonça les résultats d'une voix forte.

— Hatsue san est la première avec vingt ormiers. La seconde est la mère de la famille Kubo avec dix-huit.

La première et la seconde échangèrent un regard avec des yeux fatigués, injectés de sang. La plus experte des plongeuses de l'île avait été battue par une fille qui avait appris le métier en dehors de l'île.

Hatsue se leva en silence et s'approcha du rocher pour recevoir le prix. Et le prix qu'elle rapporta était le sac marron des femmes d'âge moyen, qu'elle remit entre les mains de la mère de Shinji.

Les joues de la mère s'empourprèrent de joie.

— Mais... pourquoi ?

— Parce que j'ai toujours eu le désir de m'excuser depuis le jour où mon père s'est montré si rude envers vous, grand-mère !

— Voilà une excellente fille, s'écria le colporteur, et toutes s'unirent dans un éloge unanime.

Hatsue ayant pressé la mère d'accepter le gentil cadeau, la mère de Shinji prit le sac marron, l'enveloppa avec soin dans un papier, le serra sous son bras et sans le moindre trouble :

— Merci beaucoup, dit-elle.

Le cœur simple et droit de la mère avait immédiatement compris la modestie et l'humilité de la fille. Hatsue sourit et la mère se dit que son fils avait été avisé en la choisissant pour fiancée.

... C'était de cette manière qu'avait toujours été dirigée la politique de l'île.

CHAPITRE XIV

La saison des pluies n'avait apporté jour après jour que de l'amertume à Shinji. Les lettres de Hatsue avaient cessé. Ceci tenait probablement à ce que le père ayant découvert les lettres avait formellement défendu à sa fille d'écrire après qu'il se fut opposé à leur rencontre au temple de Yashiro.

Un jour, avant que la saison des pluies fût finie, le capitaine de l'*Utajima-maru* arriva dans l'île. L'*Utajima-maru* était un cargo à machine et à voiles que possédait Miyata Terukichi. L'*Utajima-maru* se trouvait maintenant à l'ancre dans le port de Toba.

Le capitaine se rendit d'abord chez Teruki-chi, puis chez Yasuo. Le même soir, il alla voir Jukichi le patron de Shinji, puis finalement il alla chez Shinji.

Le capitaine avait dépassé la quarantaine, il avait trois enfants. Il avait une haute stature, était fier de sa force, mais avait une bonne nature aimable. Il était un fervent adepte de la secte de Nichiren et quand il se trouvait dans l'île il prenait la place du prêtre pour lire les sûtra. Il avait plusieurs femmes que l'équipage appelait : la grand-mère de Yokohama, la grand-mère de Moji, etc. Lorsque le bateau touchait à un port, le capitaine emmenait de jeunes membres de son équipage boire chez sa femme de l'endroit. Toutes s'habillaient sobrement et étaient aux petits soins pour traiter les jeunes.

On racontait que si le capitaine était à moitié chauve c'était à cause de son amour pour les femmes. C'est pourquoi il se donnait un air digne en se coiffant d'une casquette galonnée d'or.

Dès son arrivée chez Shinji il commença à parler affaires avec sa mère. Shinji était présent.

Lorsque les garçons du village atteignaient l'âge de dix-sept ou dix-huit ans, ils commençaient leur apprentissage de marins en devenant « laveurs de riz » ainsi qu'on appelait les mousses dans l'île. Shinji était à l'âge où il fallait y penser. Le capitaine demanda s'il était disposé à faire partie de l'équipage de l'*Utajima-maru* comme « laveur de riz ».

La mère se taisait. Shinji répondit qu'il

196

donnerait sa réponse après avoir consulté Jukichi. S'il ne s'agissait que de l'accord de Jukichi,
il était déjà acquis, dit le capitaine.

Malgré tout, il y avait une chose qui
paraissait étrange. L'*Utajima-maru* appartenait
à Terukichi. Il n'avait pas de raison d'enrôler
sur un de ses bateaux Shinji qu'il détestait.

— Non. L'oncle Terukichi lui-même a
remarqué que tu ferais un bon marin. Dès que
je lui ai parlé de toi, l'oncle Teru a donné son
accord. Alors, viens et travaille dur.

Pour être sûr, Shinji accompagna le capitaine
chez Jukichi. Celui-ci encouragea fermement
Shinji à accepter. Il dit que le travail serait un
peu plus difficile sur le *Taihei-maru* si Shinji
s'en allait, mais il ne voulait pas être un
obstacle dans la carrière de Shinji. Alors Shinji
accepta.

Le lendemain, Shinji apprit une nouvelle
étrange : Yasuo aussi avait décidé d'être mousse
sur l'*Utajima-maru*. On disait que Yasuo n'avait
nullement envie de se faire mousse mais qu'il
n'avait pu faire autrement parce que l'oncle
Teru avait déclaré que l'apprentissage du
métier de marin était nécessaire avant toutes
fiançailles avec Hatsue.

A cette nouvelle le cœur de Shinji fut rempli
d'anxiété, de tourment et en même temps
d'espoir.

Avec sa mère Shinji alla au temple de Yashiro prier pour un voyage sans dangers et demander un charme.

Le jour du départ arriva. Shinji et Yasuo accompagnés par le capitaine montèrent sur le *Kamikaze-maru*, le ferry-boat, pour se rendre à Toba. Un grand nombre de personnes étaient venues pour dire au revoir à Yasuo, y compris Hatsue, mais on ne vit pas Terukichi. Pour dire au revoir à Shinji, il n'y avait que sa mère et Hiroshi.

Hatsue ne regarda pas dans la direction de Shinji, mais juste au moment où le bateau allait partir, elle murmura quelque chose à l'oreille de la mère de Shinji et lui remit un paquet enveloppé de papier. La mère le donna à son fils.

Une fois sur le bateau, Shinji ne put ouvrir le paquet, le capitaine et Yasuo se trouvant avec lui. Il regardait la silhouette de l'île qui s'éloignait. Il se rendit compte de ses sentiments pour la première fois. Il était là, jeune homme né et élevé dans l'île qu'il aimait plus que tout au monde et pourtant il était impatient de s'en éloigner. C'était son désir de quitter l'île qui lui avait fait accepter l'offre du capitaine de s'embarquer sur l'*Utajima-maru.*

Une fois l'île perdue de vue, le cœur du jeune homme retrouva le calme. Il était maintenant heureux de n'avoir pas à retourner ce soir dans l'île, alors qu'il n'avait jamais eu cette pensée au cours de ses pêches quotidiennes.

« Tu es libre », lui criait son cœur. C'était la première fois qu'il comprenait qu'il pouvait exister une liberté d'une nature aussi étrange.

Le *Kamikaze-maru* s'avançait dans une pluie fine. Yasuo et le capitaine s'étendirent sur les nattes de la sombre cabine et s'endormirent. Yasuo n'avait pas adressé la parole à Shinji depuis qu'ils étaient montés à bord.

Le jeune homme s'approcha tout près du hublot sur lequel coulaient des gouttes de pluie et à sa lumière il examina le contenu du paquet de Hatsue. Il y avait un autre charme du temple de Yashiro, une photo de Hatsue et cette lettre : « Dorénavant j'irai tous les jours en pèlerinage au temple de Yashiro prier pour votre santé. Mon cœur vous appartient. Je vous en prie, veillez sur vous et revenez sain et sauf. Je vous offre ma photo de manière à vous suivre dans vos voyages en mer. Elle a été prise au cap Daio. Au sujet de ce voyage mon père ne m'a rien dit, mais en vous faisant embarquer ainsi que Yasuo sur un de ses bateaux, je crois qu'il a une idée. Je m'imagine qu'il y a là un rayon d'espoir pour nous... Je vous en prie, ne perdez pas l'espoir ; restez ferme dans vos résolutions... »

La lettre encouragea le jeune homme, la force emplit ses bras et le sentiment que la vie vaut d'être vécue inonda son corps entier.

Yasuo dormait toujours. A la lumière du hublot Shinji étudia la photo de Hatsue. La jeune fille était appuyée à un grand pin du cap Daio et le vent de mer soufflait sur le bas de ses vêtements, tourbillonnant sous son léger kimono blanc d'été, caressant sa peau nue. Son courage était fortifié par le souvenir que lui aussi avait fait ce que le vent de mer faisait sur l'image.

Ne pouvant s'arracher à la photo, Shinji l'inséra sur le bord du hublot rayé de pluie et il y avait longtemps qu'il la contemplait lorsque par-derrière se profila l'île de Tôshi tout embuée de pluie qui défilait lentement à bâbord.

Une fois de plus son esprit perdit sa sérénité. Mais la manière étrange dont l'amour peut torturer d'espoir un cœur n'était plus chose nouvelle pour lui.

Quand ils arrivèrent à Toba la pluie avait cessé. De pâles rayons d'argent tombaient des coupures entre les nuages.

Parmi les nombreux petits bateaux de pêche dans le port de Toba les 185 tonnes de l'*Utajima-maru* paraissaient imposantes. Les trois hommes sautèrent sur le pont qui étincelait à la lumière du soleil après la pluie. Des gouttes brillantes ruisselaient le long des mâts blancs. La grue se penchait majestueusement au-dessus des écoutilles.

L'équipage n'était pas encore rentré. Le capitaine conduisit les deux garçons à leur cabine, une pièce de huit nattes voisine de la cabine du réfectoire. En dehors d'armoires et d'un espace au centre du plancher qui était recouvert de nattes minces il n'y avait rien d'autre qu'une paire de couchettes à deux étages sur la droite, et deux couchettes étagées à gauche ainsi qu'une couchette réservée au chef mécanicien. Plusieurs photos d'actrices de cinéma étaient collées au plafond comme mascottes.

Les premières couchettes étagées à droite furent affectées à Shinji et Yasuo. Le chef mécanicien, le premier et le second officier, le premier et le second maître, le timonier dormaient tous dans la même cabine, mais avec la succession des quarts, il y avait toujours une couchette libre à un moment donné.

Après leur avoir montré la passerelle, sa propre cabine, la cale, le réfectoire, le capitaine les laissa se reposer dans la cabine de l'équipage.

Restés seuls, les deux garçons se regardèrent.

Yasuo, mélancolique, fit des propositions de paix.

— Finalement, nous voilà ici, compagnons. Il y a eu dans l'île toutes sortes de choses, mais maintenant soyons bons camarades.

Shinji répondit à peine et sourit.

Vers le soir, l'équipage revint au bateau. La plupart d'entre eux étaient d'Utajima, Shinji et Yasuo les connaissaient de vue. Sentant le saké, ils taquinèrent les nouveaux venus. On indiqua à chacun d'eux ce qu'il avait à faire.

Le bateau devait partir le lendemain matin à neuf heures. Shinji fut chargé d'enlever aux premières heures du jour la lampe du mât indiquant que le navire était à l'ancre. Cette lampe était comme les volets d'une maison à terre ; en l'éteignant cela signifiait que le bateau était réveillé. Shinji ne ferma guère l'œil de la nuit et il fut debout le lendemain matin avant le lever du soleil, descendant la lampe d'ancrage dès que l'aube tourna au gris.

La lumière du matin était voilée par la pluie fine. Les lampes de la rue partant du port vers la gare s'alignaient en deux rangées. Un train de marchandises fit entendre un fort coup de sifflet.

Le garçon grimpa au mât sur les voiles roulées dont on se servait accessoirement. Le bois était mouillé et froid et le ballottement des faibles vagues qui léchaient les flancs du bateau se transmettait directement au mât. Dans les premiers rayons mouillés de brume du soleil matinal la lumière d'ancrage était d'un blanc laiteux. Le garçon tendit une main vers le crochet de la lampe. Comme s'il lui déplaisait d'être descendue la lanterne se balança lourdement ; la flamme vacilla derrière la glace mouillée et des gouttes d'eau dégoulinèrent sur le visage du garçon qui regardait vers le haut. Le jeune homme pensa : dans quel port aurai-je de nouveau à descendre cette lampe ?

L'*Utajima-maru* affrété par la Compagnie de transport Yamagawa devait transporter des bois de construction à Okinawa et revenir à Kobe dans six semaines environ. Après avoir passé le canal de Kii et touché à Kobe, le bateau fit route vers l'ouest de la mer Intérieure et passa l'inspection sanitaire à la douane de Moji. Il descendit ensuite au sud le long de la côte est de Kyûshû et reçut son autorisation de libre pratique au port de Nichinan dans le département de Yamazaki où se trouvait un bureau auxiliaire des douanes.

Le bateau entra ensuite dans le port de Fukushima à la pointe sud de Kyûshû. Là il prit un chargement de 1 400 pieds cubes de bois de construction.

Après avoir quitté Fukushima, l'*Utajima-*

maru devint un bateau de navigation hauturière. Il devait arriver à Okinawa en deux jours ou deux jours et demi.

Lorsqu'il n'y avait plus à s'occuper de chargement ou pendant les périodes de repos, l'équipage flânait sur les trois nattes minces qui étaient au centre de la cabine et écoutait un phonographe portatif. Il n'y avait que peu de disques et sur leur surface usée une aiguille rouillée faisait entendre des sons enroués. Ils consistaient tous en ballades sentimentales sur les ports, les marins, le brouillard, les souvenirs de femmes, la Croix du Sud, le saké ou les soupirs. Le chef mécanicien était fermé à la musique, il n'arrivait jamais à apprendre un air pendant tout un voyage et il en oubliait le peu qu'il en avait retenu lorsqu'il commençait un nouveau voyage. Lorsque le bateau se mettait tout à coup à danser, l'aiguille glissait de travers laissant sur le disque une blessure nouvelle.

Le soir ils restaient à discuter sur des sujets sérieux ; des sujets tels que l'amour et l'amitié ou l'amour et le mariage ou : « le corps humain supporte-t-il une injection de sel aussi forte qu'une injection de dextrose », suffisaient à les faire bavarder pendant des heures. Celui qui soutenait son point de vue avec la plus grande obstination était finalement le vainqueur du débat, mais les raisonnements de Yasuo qui avait été président de l'Association des jeunes gens sur l'île étaient si logiques que cela lui valait le respect des anciens. Quant à Shinji, il gardait toujours le silence entourant ses genoux de ses bras et souriant en écoutant l'opinion des autres. « Il est sûrement idiot », disait parfois le chef mécanicien au capitaine.

La vie à bord était remplie d'occupations. Dès que les nouveaux venus étaient levés il y avait toujours pour eux le pont à laver ou quelque autre corvée.

Graduellement il devint clair pour l'équipage que Yasuo était paresseux : son habitude était de faire tout juste le service qui lui était commandé. Pour le couvrir, Shinji l'aidait à faire son travail et cette attitude frappa immédiatement ses supérieurs. Un matin Yasuo esquiva le nettoyage du pont sous prétexte d'aller à la toilette ; il fut surpris à flâner dans la cabine par le premier maître ; celui-ci le réprimanda vertement.

Yasuo lui répondit très tranquillement :

— Après tout, quand je serai de retour dans l'île, je deviendrai le gendre de l'oncle Teru. Alors ce bateau sera à moi.

Le premier maître écuma de rage, mais il retint froidement sa langue, se disant que les choses se passeraient peut-être ainsi que Yasuo le disait. Il ne réprimanda plus jamais Yasuo en face, mais d'après ce qu'il chuchota aux autres hommes ceux-ci apprirent ce que l'insubordonné Yasuo avait dit et le résultat tourna plutôt au désavantage de Yasuo.

Shinji avait beaucoup à faire et les seules occasions qu'il avait de regarder la photo de Hatsue étaient de courts instants avant de se coucher ou quand il était de quart. Un jour que Yasuo se vantait de devenir fils adoptif de Terukichi après son mariage avec Hatsue, Shinji saisit un moyen détourné de vengeance. Il demanda à Yasuo s'il avait une photographie de Hatsue.

— Bien sûr, que j'en ai une, répondit immédiatement Yasuo.

Shinji était certain que c'était un mensonge et son cœur s'emplit de joie.

Un moment après, Yasuo lui demanda d'un air innocent :

— Et toi, tu en as une ?

— Une... quoi ?

— Une photo de Hatsue.

— Non je n'en ai pas.

C'était probablement le premier mensonge de sa vie.

L'*Utajima-maru* arriva à Naba. Après l'inspection sanitaire à la douane il entra dans le
port et déchargea son bois. Il dut rester deux ou
trois jours à l'ancre en attendant indéfiniment
l'autorisation d'entrer dans le port fermé d'Unten où il avait un chargement de ferraille à
prendre avant de rentrer au Japon. Unten était
à la pointe nord de l'île d'Okinawa où les forces
américaines avaient fait un premier débarque-
ment.

L'équipage n'ayant pas le droit de descendre
à terre passait ses journées à regarder du pont
les collines désolées et désertes. Les Américains
avaient brûlé jusqu'au dernier arbre quand ils
débarquèrent par crainte d'obus non éclatés.

La guerre de Corée était terminée mais aux
yeux de l'équipage l'île avait encore un aspect
extraordinaire. Jour et nuit les avions de
combat qui s'entraînaient faisaient un bruit
assourdissant ; d'innombrables véhicules brillant au soleil d'un été tropical ne cessaient de
circuler sur la large route empierrée qui lon-
geait le port. C'étaient des voitures de tou-
risme, des camions, et toutes sortes de véhicules militaires. Sur les côtés de la route les
maisons préfabriquées habitées par les familles

du personnel militaire américain brillaient sous leur ciment neuf tandis que les toits couverts de plaques de tôle des maisons indigènes délabrées faisaient de vilaines taches dans le paysage.

Le premier qui alla à terre pour demander à l'agent de la compagnie Yamagawa d'envoyer un fournisseur fut le premier maître.

Enfin le permis d'entrer dans Unten arriva. L'*Utajima-maru* pénétra dans le port et prit son chargement de ferraille. Le travail était juste fini quand arriva la nouvelle qu'Okinawa se trouvait sur la route d'un typhon. Dans l'espoir de se trouver hors de la zone du typhon en partant le plus tôt possible, on quitta ce port le lendemain matin. Tout ce que le bateau pouvait faire était de piquer droit sur le Japon.

Ce matin-là il tombait une légère pluie. Les vagues étaient fortes, le vent de nord-ouest.

Les collines disparurent rapidement derrière eux. L'*Utajima-maru* navigua au compas pendant six heures par faible visibilité. Le baromètre descendait rapidement et les vagues devenaient de plus en plus hautes, la pression atmosphérique tombait d'une manière anormale. Le capitaine décida de retourner à Unten. La pluie chassée par le vent devenait de la brume. Le champ de visibilité était rigoureusement nul. Rentrer au port en six heures devenait extrêmement difficile.

Finalement on signala les collines d'Unten. Le premier maître à qui les parages étaient familiers veillait debout à la proue. Le port était entouré d'une ceinture de coraux d'environ deux milles et le passage des récifs qui n'était même pas balisé par les bouées était extrêmement difficile à traverser. Stop!... Go!... Stop!... Go!...

L'*Utajima-maru* contrôlant sa route à chaque instant s'avançait très lentement ; le bateau traversa les récifs. Il était six heures du soir. Un bateau thonier s'était abrité à l'intérieur des récifs. S'amarrant l'un à l'autre par plusieurs filins, les deux bateaux entrèrent côte à côte dans le port d'Unten.

Les vagues n'étaient pas hautes dans le port, mais le vent soufflait de plus en plus fort. Toujours accolés, le thonier et l'*Utajima-maru* attachèrent chacun à leur proue deux filins et deux câbles d'acier à une bouée grande comme une pièce de trois nattes et se préparèrent à recevoir les atteintes du typhon.

L'*Utajima-maru* n'avait pas d'installation radio et ne naviguait qu'au compas. Alors l'opérateur de la radio du bateau thonier transmettait à la passerelle tous les renseignements qu'il recevait sur la route suivie par le typhon et sa direction.

Lorsque la nuit tomba le thonier posta sur

son pont une équipe de quatre hommes de veille et l'*Utajima-maru* en plaça une de trois. Leur consigne était de surveiller les filins car on n'était jamais sûr que l'un d'eux ne céderait pas.

Il était à craindre aussi que la bouée ne pût pas tenir. Mais le danger de rupture de cordages était beaucoup plus grand que celui de la bouée. Luttant contre le vent et les vagues les veilleurs couraient les plus grands risques, aspergeant les filins d'eau salée pour les tenir humides par crainte de les voir se rompre si le vent des desséchait.

A vingt et une heures les deux navires furent pris par un vent de vingt-cinq mètres à la seconde.

Une heure avant minuit Shinji, Yasuo et l'un des jeunes matelots prirent la garde. Ils furent projetés contre la paroi et se mirent à ramper sur le pont. La pluie fouettée par le vent criblait leurs joues de piqûres d'aiguilles.

Il leur était impossible de se tenir debout sur le pont qui se dressait devant eux comme un mur. Toutes les membrures du bateau gémis- saient. Les vagues dans le port n'étaient pas assez hautes pour balayer le pont mais leurs projections soufflées par le vent formaient un brouillard qui empêchait toute visibilité. Tous les trois rampant sur le pont arrivèrent à la

210

proue et s'accrochèrent aux bittes. Les deux filins et les deux câbles d'acier qui reliaient le bateau à la bouée étaient attachés à ces bittes. Ils apercevaient faiblement la bouée dans la nuit à environ vingt mètres. La peinture blanche signalait vaguement son existence dans l'obscurité. Et lorsque les câbles gémissant, une violente rafale de vent soulevait le navire haut en l'air, la bouée tombait dans le noir et paraissait toute petite.

Les trois garçons se regardaient tout en se cramponnant aux bittes, mais ne parlaient pas. L'eau salée qui les frappait au visage les empêchait même d'ouvrir les yeux. Le mugissement du vent et le grondement de la mer donnaient de manière assez surprenante à la nuit qui les enveloppait une sérénité atroce.

Leur consigne était de ne pas perdre de vue les filins amarrant le bateau à la bouée. Tandis que tout dansait dans l'ouragan déchaîné ces câbles dessinaient dans cette scène les seules lignes qui restaient droites. Leurs regards rivés sur ces lignes rigides faisaient naître dans leurs cœurs un sentiment voisin de la confiance causée par la concentration de leur esprit.

A certains moments le vent paraissait faiblir brusquement mais au lieu de les rassurer ces instants faisaient trembler de peur les trois jeunes gens car immédiatement une nouvelle bourrasque arrivait, secouant les bouts-dehors et bousculant la masse d'air environnante dans un vacarme effrayant.

Les trois garçons continuaient sans mot dire à surveiller les câbles. Même dans le grondement du vent, ils entendaient par intermittence leurs gémissements aigus.

— Regardez! cria Yasuo d'une voix perçante.

L'un des câbles d'acier faisait entendre un grincement de mauvais augure, il paraissait glisser légèrement autour des bittes. Celles-ci étaient directement devant eux et ils apercevaient un très léger mais sinistre changement dans l'enroulement des câbles.

Au même moment un bout de câble d'acier jaillit dans l'obscurité, et comme un fouet cingla les bittes avec la rapidité de l'éclair.

Ils s'étaient garés instantanément, juste à temps pour éviter le câble rompu qui les aurait coupés jusqu'aux os s'il les avait touchés. Comme un être vivant qui met longtemps à mourir, le câble sauta sur le pont avec fracas puis finit par se poser en demi-cercle.

Lorsque les jeunes gens eurent saisi la situation, leurs visages blêmirent. L'un des quatre câbles qui retenaient le bateau était coupé. On ne pouvait garantir que l'un des trois câbles restants ne céderait pas à son tour.

— Il faut prévenir le capitaine, dit Yasuo en s'éloignant des bittes. S'agrippant de son mieux en chemin et perdant maintes fois l'équilibre, Yasuo gagna la passerelle en tâtonnant et rendit compte au capitaine de ce qui s'était passé.

Le solide capitaine garda son calme, du moins il en eut l'air.

— Bon. Il va falloir employer un câble de sauvetage. Le typhon a atteint son point maximum à une heure, alors il n'y a aucun danger à se servir de ce câble maintenant. Quelqu'un n'a qu'à aller à la nage l'attacher à la bouée.

Confiant la passerelle au second maître, le capitaine et le premier maître suivirent Yasuo.

Comme des rats attelés à un gâteau de riz, ils roulèrent et traînèrent pas à pas le câble de sauvetage et une corde à deux torons neuve depuis la passerelle jusqu'aux bittes de proue.

Shinji et le matelot levèrent les yeux vers eux d'un air interrogateur.

Le capitaine se tourna vers eux et dit d'une voix forte aux trois jeunes gens :

— Quel est le gars qui va aller attacher ce câble de sauvetage à la bouée ?

Le mugissement du vent protégea le silence des jeunes gens.

— Alors ? Personne ? Vous n'avez pas de sang dans les veines ! s'écria le capitaine.

Les lèvres de Yasuo tremblèrent. Il rentra son cou dans les épaules.

Alors Shinji cria d'une voix claire et avec un sourire qui montrait deux rangées de dents d'une blancheur éclatante dans l'obscurité :

— Moi, j'y vais !

— C'est bon ! Arrive !

Shinji était debout. Le jeune homme était honteux de s'être tenu jusque-là le corps baissé. Des profondeurs de l'obscurité le vent attaquait de plein fouet son corps mais pour Shinji, habitué au mauvais temps sur un petit bateau de pêche, le pont qui dansait sous ses pieds bien assurés n'était autre chose qu'une terre qui montrait une certaine mauvaise humeur.

Il écouta. Le typhon passait au-dessus de la tête du brave garçon. Il lui paraissait aussi naturel d'être invité à prendre place à ce banquet de folie qu'à une sieste tranquille un après-midi.

Sous son imperméable coulait une sueur si abondante que son dos et sa poitrine étaient trempés. Il l'enleva et le jeta de côté. A ce moment la figure du jeune homme, nu-pieds et dans une chemise blanche décolletée et sans manches, se dressa dans l'obscurité de la tempête.

Le capitaine donna ordre à quatre hommes d'attacher un bout du câble de sauvetage à une

214

bitte et l'autre à la corde. Gênés par le vent ils mirent beaucoup de temps à faire cette opération. Lorsque les cordages furent finalement reliés, le capitaine tendit le bout libre de la corde à Shinji et lui cria à l'oreille :

— Enroule cela autour de ta taille et pars à la nage. Quand tu atteindras la bouée, tire à toi le filin de sauvetage et attache-le bien.

Shinji entoura deux fois la corde autour de la ceinture de son pantalon. Il se mit debout à la proue et regarda la mer au-dessous de lui. Là, sous les abondantes vagues soufflées par le vent contre le bateau et dont on apercevait les crêtes blanches roulaient d'invisibles vagues d'un noir d'encre. Elles répétaient leurs mouvements irréguliers, cachant leurs caprices incohérents et pleins de périls. Dès que l'une d'elles paraissait s'élever et devenait visible, elle retombait dans un abîme tourbillonnant sans fond.

A ce moment, Shinji repensa à la photographie de Hatsue qui se trouvait dans la poche de sa veste accrochée dans la cabine. Mais cette même pensée s'en alla en lambeaux sous le vent. Il plongea du haut de la proue.

La bouée était à une distance de vingt mètres.

Malgré la force de ses bras qu'il savait supérieure à celle de n'importe qui et bien qu'il fût capable de faire cinq fois à la nage le tour dè son île sans s'arrêter, il paraissait impossible que cela lui suffît pour franchir l'immensité de ces vingt mètres.

Une force terrible animait ses bras. Ces derniers étaient comme si on y avait mis d'invisibles barres de fer.

Le garçon nageait avec toute son énergie. Malgré lui son corps allait à la dérive et ses mouvements lui étaient aussi inutiles que si ses jambes avaient été prises dans de la graisse. Lorsqu'il croyait arriver à portée de la main de la bouée, émergeant entre deux vagues, il se voyait rejeté aussi loin qu'auparavant. Le jeune homme nageait dans toute la limite de ses forces. Graduellement l'adversaire terrible céda et lui laissa le passage. Ce fut comme si une perceuse lui avait percé un trou au travers du plus dur d'une roche. La première fois qu'il toucha la bouée il dut lâcher prise et fut rejeté. Mais la chance voulut qu'une vague le balayât de nouveau en avant et juste au moment où il pensait heurter de sa poitrine le bord en fer de la bouée, il fut enlevé d'un coup et déposé sur la bouée.

Shinji prit une profonde inspiration et le vent emplit ses narines et sa bouche. A ce moment il lui sembla qu'il ne pourrait jamais plus respirer et il en arriva au point d'oublier un instant sa mission.

La bouée dansait sur la mer sombre, arrosée copieusement, les vagues ne cessant d'en balayer la moitié de sa masse puis s'écoulant avec fracas. Se couchant à plat ventre pour ne pas être emporté par le vent, Shinji commença à tirer sur la corde. Pour la première fois il regarda le bateau. Il aperçut les quatre hommes groupés près de la bitte de proue. Les hommes du bateau thonier regardaient attentivement dans sa direction. Quoique la distance ne fût que de vingt mètres au plus, les choses paraissaient extrêmement éloignées. Les ombres noires des deux navires amarrés s'élevaient côte à côte dans l'air puis retombaient dans les vagues.

La corde mince n'offrant que peu de résistance au vent lui fut relativement aisée à tirer mais bientôt un poids lourd s'ajouta à l'extrémité. C'était le filin de sauvetage épais de près de douze centimètres qu'il devait maintenant tirer à lui. Shinji faillit tomber en avant dans la mer. Le filin de sauvetage offrait une grande résistance au vent mais finalement le garçon en attrapa le bout. Il était si épais qu'une seule de ses grosses mains n'en faisait pas le tour.

Shinji ne savait comment se servir de ses forces, il voulait se planter ferme sur ses jambes mais le vent ne le lui permettait pas. Lorsqu'il tira de toutes ses forces sur le cordage il fut presque précipité dans l'eau. Son corps trempé brûlait de fièvre, son visage lui cuisait et ses tempes battaient violemment.

Il arriva finalement à enrouler une fois le cordage sur la bouée. Dès lors l'opération devenait plus facile et maintenant il pouvait se soutenir au moyen de l'épais cordage... Il l'enroula encore une fois autour de la bouée et se mit avec méthode à faire un nœud solide. Il leva le bras pour annoncer le succès de l'opération.

Il vit distinctement les quatre hommes sur le bateau lever les bras pour lui répondre. Le garçon en oublia son extrême fatigue. Son fond de bonne humeur reprit le dessus. Son énergie épuisée se retrouva de nouveau tout entière. Faisant face à la tempête, il emplit ses poumons et plongea dans la mer pour prendre le chemin du retour.

Un filet abaissé du pont recueillit Shinji que l'on hissa à bord. Dès qu'il fut sur le pont le capitaine lui donna une tape sur l'épaule avec sa grande main. Quoiqu'il fût sur le point de perdre connaissance, sa mâle énergie le soutint.

Le capitaine donna ordre à Yasuo d'aider Shinji à regagner la cabine et les hommes qui n'étaient pas de service le séchèrent. Le garçon s'endormit aussitôt qu'il fut sur sa couchette. Aucun vacarme produit par la tempête n'aurait pu le tirer de son profond sommeil.

Le lendemain matin, Shinji s'éveilla pour trouver un éclatant soleil sur son oreiller. Il regarda par le hublot de la cabine le ciel d'un bleu pur qui avait succédé au typhon, le spectacle des collines nues sous un ciel tropical, l'éclat d'une mer calme, immobile.

—

CHAPITRE XV

Le retour de l'*Utajima-maru* à Kobe eut lieu avec quelques jours de retard. Lorsque le capitaine accompagné de Shinji et de Yasuo revint à l'île où ils auraient dû rentrer avant la mi-août, en temps voulu pour la Fête des Morts selon l'ancien calendrier, les fêtes étaient terminées.

Ils apprirent les nouvelles de l'île alors qu'ils se trouvaient à bord du *Kamikaze-maru* pour traverser jusqu'à l'île. Une énorme tortue s'était échouée sur la Plage de Cinq Lieues quelques jours avant les fêtes et avait été tuée immédiatement. Elle contenait toute une corbeille d'œufs qui avaient été vendus deux yen pièce.

Shinji fit un pèlerinage de remerciement au temple de Yashiro. Il fut rapidement invité par Jukichi pour fêter son retour.

Lui qui ne buvait pas fut obligé d'accepter une quantité de coupes de saké. Deux jours après, il reprit place sur le bateau de Jukichi et il alla à la pêche. Il n'avait pas parlé de son voyage mais Jukichi en connaissait tous les détails par le capitaine.

— Il paraît que tu as fait quelque chose d'épatant ?

— Oh non !

Le jeune homme rougit légèrement mais ne parla pas davantage. Une personne qui n'aurait pas été habituée à son caractère aurait pu penser qu'il avait passé un mois et demi à dormir quelque part.

Jukichi resta un moment silencieux puis parla ouvertement.

— L'oncle Teru ne t'a pas parlé ?

— Non.

— Ah !

Personne n'avait parlé de Hatsue mais Shinji ne sentait pas sa grande solitude et il se donna avec tout son cœur à son travail sur le bateau qui dansait sur les vagues pendant les jours de canicule. Le travail convenait parfaitement à son corps et à son esprit comme va un costume bien coupé et ne laissait aucune place à des ennuis cachés.

Un étrange sentiment de confiance en lui ne le quittait pas. Au crépuscule il aperçut la silhouette d'un cargo blanc au large ; il était différent de celui qu'il avait vu il y avait de cela bien longtemps, mais Shinji éprouva une fois encore une nouvelle émotion.

— Je connais la destination de ce bateau. Je connais la vie à bord, et ses tribulations. Je connais tout cela.

Du moins ce bateau n'était pas pour lui l'ombre de l'inconnu. Au contraire il y avait dans le cargo blanc qui tirait derrière lui un panache de fumée au crépuscule de la fin de l'été quelque chose qui stimulait son cœur beaucoup plus que n'avait fait l'inconnu. Le jeune homme sentit de nouveau dans sa main le poids de ce filin de sauvetage sur lequel il avait tiré jusqu'à la limite de ses forces. Avec ses fortes mains il avait certainement touché une fois l'« inconnu » qu'il avait auparavant regardé à grande distance. Il avait la sensation qu'en étendant simplement la main il pourrait toucher ce bateau au large. Dans un mouvement d'enfant il étendit ses cinq doigts noueux vers la mer à l'est qui était déjà chargée des ombres des nuages du soir.

Plus de la moitié des vacances d'été avait passé et cependant Chiyoko n'était pas revenue. Le gardien du phare et sa femme attendaient de jour en jour le retour de leur fille. La mère écrivit une lettre urgente. Elle ne reçut pas de réponse. Elle écrivit de nouveau. Dix jours plus tard une réponse arriva de mauvaise grâce. Sans donner de raison, Chiyoko écrivait simplement qu'elle ne pourrait revenir à l'île au cours des vacances.

La mère tenta d'envoyer une lettre à faire verser des larmes et fit partir par poste exprès, plus de dix pages dans lesquelles elle exposait ses sentiments intimes et lui demandait instamment de revenir. Lorsque la réponse arriva il ne restait plus que quelques jours de vacances et il y avait une semaine que Shinji était revenu. Ce qu'elle contenait était si imprévu que la mère en fut effrayée.

Elle avouait à sa mère comment après avoir vu Shinji et Hatsue descendre l'escalier de pierre côte à côte le jour de la tempête, elle les avait précipités tous deux dans de grandes difficultés par son récit inexact à Yasuo. Elle était tourmentée par un sentiment de culpabilité. Tant que Shinji et Hatsue ne seraient pas heureux, elle ne pourrait revenir dans l'île. Si sa mère voulait s'entremettre et persuader Terukichi de leur permettre de se marier... Telle était la condition de son retour dans l'île. Cette lettre pathétique qui avait l'air de demander grâce fit trembler sa mère. Celle-ci se demanda si elle ne devrait pas prendre les mesures appropriées pour que sa fille en proie aux reproches torturants de sa conscience ne se laisse pas aller jusqu'au suicide. La femme du gardien se rappela les terribles exemples dans les nombreux livres qu'elle avait lus, de jeunes filles qui s'étaient suicidées pour des motifs aussi futiles.

Elle décida de ne pas montrer la lettre à son mari ; elle devait elle-même employer immédiatement tous les moyens pour faire revenir sa fille dans l'île aussitôt que possible. Elle s'habilla de sa robe de chanvre blanc qui lui servait pour ses sorties, elle se sentait la même ardeur qu'autrefois lorsque, dirigeant une école de filles, elle allait voir des parents pour leur parler d'un problème difficile concernant une élève.

Le long du chemin qui descendait au village des nattes de paille étaient étendues devant les maisons où des graines de sésame, des haricots rouges, des haricots blancs à miso [1] étaient mis à sécher au soleil. Les petites graines vertes de sésame exposées au soleil de la fin de l'été jetaient des ombres minuscules en forme de fuseaux sur les nattes grossières aux couleurs fraîches.

1. *Miso :* Sauce faite avec du blé ou du riz, des haricots et du sel. Élément important de la cuisine japonaise.

225

De là on apercevait la mer en bas. Aujour-
d'hui les vagues n'étaient pas hautes. La femme
descendit les marches en ciment de la rue
principale, ses sandales blanches ne faisaient
qu'un bruit léger. Elle commença à entendre
des voix animées et rieuses ainsi que le bruit
mou de linge mouillé que l'on battait. Elle
s'approcha et trouva six ou sept femmes
en vêtements de travail qui lavaient leur
linge sur les bords du ruisseau bordant le
chemin. La mère de Shinji se trouvait parmi
elles.

Après la Fête des Morts, les plongeuses
avaient plus de temps libre, ne sortant qu'à
l'occasion pour aller ramasser des algues comes-
tibles appelées ecklonies, alors elles en profi-
taient pour procéder à un lavage énergique de
tout le linge sale accumulé. Elles n'employaient
presque pas de savon ; elles étendaient leur
linge sur des pierres plates et elles le foulaient
avec les deux pieds.

— Eh bien, madame, où allez-vous donc
aujourd'hui ? dirent plusieurs.

Elles la saluèrent. Sous leurs jupes retrous-
sées l'eau de la rivière se réfléchissait sur leurs
cuisses nues.

— Je m'en vais un instant jusque chez
Miyata Terukichi.

Elle pensa qu'il serait peu naturel de sa part

de rencontrer la mère de Shinji sans lui adresser un mot au sujet de la démarche qu'elle allait faire afin d'arranger le mariage de son fils. Elle s'engagea alors sur les marches glissantes, couvertes de mousse, qui descendaient du chemin à la rivière. Les sandales rendaient la descente périlleuse, dès lors elle tourna le dos au cours d'eau tout en jetant souvent un regard en arrière et se mit à descendre lentement l'escalier à quatre pattes. L'une des femmes debout au milieu de l'eau lui tendit une main secourable. Arrivée au bord du ruisseau, elle enleva ses sandales et commença à traverser. Les femmes sur la rive opposée regardaient, interdites, sa progression aventureuse.

Elle saisit la mère de Shinji par la manche et lui dit maladroitement à l'oreille des choses privées que toutes les personnes autour d'elles pouvaient entendre.

— Ce n'est sans doute pas ici un endroit convenable pour vous poser cette question, mais je voudrais savoir où en sont les choses entre Shinji et Hatsue.

La soudaineté de la question fit écarquiller les yeux de la mère de Shinji qui ne dit rien.

— Shinji san aime Hatsue san, n'est-ce pas ?

— Oui, mais…

— Mais Terukichi san met des bâtons dans les roues ?

— Eh bien, c'est justement la cause de nos soucis.

— Et qu'en dit Hatsue san ?

A ce moment les autres plongeuses qui avaient tout entendu se mêlèrent à la conversation privée des deux femmes. D'abord, comme il s'agissait de Hatsue toutes les plongeuses sans exception s'étaient mises de son côté depuis le jour où le colporteur avait organisé son concours ; en outre, elles avaient eu connaissance des révélations faites et elles étaient unanimement contre Terukichi.

— Hatsue est folle de Shinji. Voilà la vérité, madame. Et pourtant croiriez-vous que l'oncle Terukichi projette de la marier à ce bon à rien de Yasuo ! Avez-vous jamais vu une pareille folie ?

— Eh bien, voilà ! dit la femme du gardien du phare comme si elle s'était adressée aux élèves de sa classe. J'ai reçu aujourd'hui de ma fille à Tôkyô une lettre menaçante disant qu'elle ne savait pas ce qu'elle ne ferait si je n'aidais pas les deux jeunes gens à se marier. Alors, j'ai pensé à aller m'entretenir avec Terukichi san mais il m'a semblé que je devais d'abord savoir ce que la mère de Shinji san désirait.

La mère de Shinji ramassa le kimono de nuit de son fils, qu'elle foulait aux pieds. Elle le tordit lentement. Puis elle réfléchit. Finalement elle se tourna vers la femme du gardien du phare et inclina profondément la tête devant elle en disant :

— Je vous prie de faire tout ce que vous pourrez.

Les autres plongeuses emportées par un esprit chevaleresque se rassemblèrent comme des oiseaux d'eau au bord d'une rivière et tinrent conseil. Elles se demandèrent si en représentantes des femmes du village leur nombre ne pourrait pas intimider Terukichi. La femme du gardien du phare consentit à se laisser accompagner par elles, alors cinq des femmes tordant en hâte leur linge coururent le porter chez elles en convenant de se rassembler au tournant du chemin menant à la maison de Terukichi.

La femme du gardien du phare se tenait dans la sombre entrée de la maison Miyata.

— Bonjour, dit-elle pour appeler d'une voix encore jeune et ferme.

Aucune réponse. Dehors les cinq autres femmes au visage brûlé de soleil tendaient le cou comme autant de feuilles de cactus, leurs yeux brillants regardant l'intérieur de la sombre entrée.

La femme du gardien appela encore une fois. Sa voix résonna dans le vide de la maison. Peu de temps après, les marches de l'escalier firent entendre des craquements. Terukichi descendit, en vêtements d'intérieur. Hatsue semblait absente.

— Ah ! Voilà la dame du gardien du phare ! grommela Terukichi en restant majestueusement au bas de l'escalier.

La plupart des visiteurs avaient envie de s'enfuir quand ils étaient reçus par ce visage perpétuellement rébarbatif, avec sa crinière de cheveux blancs. La femme fut intimidée, mais elle fit appel à tout son courage et dit :

— Je suis venue pour vous entretenir un instant de quelque chose.

— Ah bon ! Eh bien, montez.

Terukichi se retourna et monta rapidement l'escalier, la femme derrière lui. Les cinq autres femmes suivirent sur la pointe des pieds.

Terukichi invita la femme du gardien du phare à entrer dans une pièce de réception au fond de la maison ; il s'assit devant le pilier du tokonoma [1]. Son visage ne montra pas particu-

1. *Tokonoma* : alcôve peu élevée où l'on place des objets de valeur, des fleurs. En s'asseyant le dos à cet

lièrement de surprise en s'apercevant que le nombre des visiteuses dans sa chambre avait atteint six personnes. Les ignorant toutes, il regarda par la fenêtre ouverte. Ses mains jouaient avec un éventail sur lequel était peinte une belle femme, publicité d'une pharmacie de Toba. La fenêtre donnait directement sur le port de l'île. Il n'y avait qu'un bateau à l'intérieur du brise-lames, un bateau appartenant à la Coopérative. Au loin des nuages d'été flottaient au-dessus du golfe d'Ise.

Le soleil avait un tel éclat au-dehors que la pièce paraissait sombre. Au mur du tokonoma était accroché un rouleau portant une calligraphie de l'avant-dernier gouverneur de la préfecture de Mie. Au-dessous se trouvait un couple, coq et poule, brillants comme de la résine, leurs corps sculptés dans la racine noueuse d'un arbre, les queues et la crête faites de menus rejets laissés tels quels. La femme du gardien du phare était assise de ce côté d'une table en bois de rose. Les cinq autres femmes qui avaient égaré le courage déployé peu de temps auparavant étaient assises, raides, devant le rideau de bambou pendu devant l'entrée de la pièce comme si elles avaient été placées là pour une exposition de vêtements de travail.

endroit, Terukichi montrait le peu de cas qu'il faisait de ses hôtes.

Terukichi continuait à regarder par la fenêtre, sans ouvrir la bouche.

Le silence d'un chaud après-midi d'été était
pesant ; il n'était rompu que par le bourdonne-
ment de plusieurs grosses mouches vertes qui
volaient dans la pièce.

La femme du gardien essuyait souvent la
sueur de son visage. Après un temps très long,
elle dit :

— Eh bien, ce que j'ai à vous dire est au
sujet de votre Hatsue san et de Kubo Shinji
san.

Terukichi regardait toujours par la fenêtre.
Après un temps de silence il dit, comme s'il
avait craché ses mots :

— Hatsue et Shinji ?

— Oui.

Pour la première fois Terukichi se tourna
vers elle et dit sans esquisser un sourire :

— Si c'est là tout ce que vous avez à me
dire, c'est une question déjà réglée. Shinji est
l'homme qui épousera Hatsue.

Ces paroles causèrent parmi les femmes le
même émoi que si une digue avait été rompue
mais Terukichi continua de parler sans faire la
moindre attention à la réaction de ses visiteuses.

— Malgré tout, ils sont tous deux trop
jeunes encore et pour le moment ils seront

simplement fiancés. Puis, lorsque Shinji aura l'âge voulu, je pense organiser une cérémonie convenable. J'ai entendu dire que la vieille mère de Shinji n'était pas dans l'aisance, alors je suis disposé à prendre chez moi la mère et le frère cadet, ou selon ce que sa famille décidera, à les aider mensuellement avec un peu d'argent. Je n'ai toutefois rien dit de tout cela à qui que ce soit.

« Au début, j'ai été en colère, mais lorsque je leur ai défendu de se voir, Hatsue a été tellement déprimée que j'ai décidé que les choses ne pouvaient pas continuer ainsi. J'ai pris une résolution. J'ai enrôlé Shinji et Yasuo dans l'équipage d'un de mes bateaux et j'ai demandé au capitaine de les surveiller et de voir lequel des deux était le meilleur. J'ai fait dire tout cela par le capitaine à Jukichi à titre de secret et je ne crois pas que Jukichi en ait encore parlé à Shinji. Eh bien, en fait, le capitaine n'a pas tari d'éloges au sujet de Shinji et m'a déclaré que je ne trouverais jamais un meilleur mari pour Hatsue. Et quand Shinji a fait cette grande chose à Okinawa j'ai modifié mon opinion et décidé qu'il serait mon gendre. Tout bien considéré... »

Ici Terukichi s'arrêta et éleva la voix d'un ton emphatique :

— Ce qui compte dans l'homme c'est l'énergie. Il faut qu'un homme ait de l'énergie. Ce sont des hommes énergiques qu'il faut à Utajima. La famille et l'argent sont secondaires. N'est-ce pas votre avis, madame la gardienne du phare? Et Shinji est un homme énergique.

CHAPITRE XVI

Shinji pouvait maintenant franchir ouvertement le seuil de la maison Miyata. Rentrant un
soir de la pêche, il arriva devant la porte de la
maison, vêtu d'une chemise à col ouvert d'une
blancheur impeccable et d'un pantalon fraîchement repassé ; il portait suspendues à chaque
main deux grosses dorades...

Hatsue était prête et attendait. Ils avaient
promis de se rendre au temple de Yashiro et au
phare pour annoncer leurs fiançailles et exprimer leurs remerciements.

L'entrée de terre battue plongée dans l'obscurité du crépuscule s'éclaira. Hatsue parut
vêtue du kimono d'été portant sur son fond
blanc de larges liserons qu'elle avait acheté au
colporteur. Sa blancheur resplendissait même
dans la nuit.

Shinji avait attendu, s'appuyant d'une main
à la porte d'entrée ; il abaissa ses regards vers

Hatsue quand elle parut et secouant une de ses jambes chaussées de socques de bois comme pour chasser des insectes il murmura :

— Les moustiques sont terribles !

— Oui, n'est-ce pas.

Tous deux montèrent l'escalier de pierre conduisant au temple de Yashiro. Au lieu d'y courir d'une traite comme ils l'auraient pu, ils gravirent lentement les marches, leurs cœurs remplis d'allégresse, comme pour savourer le plaisir de monter degré après degré. Arrivés à la centième marche ils s'arrêtèrent comme s'ils regrettaient d'arriver trop tôt au sommet. Le jeune homme aurait voulu tenir Hatsue par la main mais les dorades l'en empêchaient.

La nature aussi leur souriait. Lorsqu'ils arrivèrent au sommet ils regardèrent le golfe d'Ise. Le ciel était plein d'étoiles et il n'y avait d'autres nuages que ceux qui formaient une couche basse du côté de la presqu'île de Chita et que perçaient de temps à autre des éclairs sans tonnerre. Le bruit des vagues était faible ; on l'entendait comme le souffle régulier et paisible d'un être bien portant qui serait assoupi.

Passant entre les pins ils arrivèrent au temple d'aspect simple où ils prièrent. Le jeune homme fut fier de son claquement de mains qui retentit clair et fort. Alors il frappa encore une fois dans ses mains.

Hatsue priait tête baissée. A côté du fond blanc du col de son yukata, sa nuque brûlée du soleil ne paraissait pas particulièrement blanche, pourtant elle ravissait Shinji plus que la plus blanche des nuques n'aurait pu le faire.

Les dieux ayant daigné exaucer sa prière, le jeune homme jouissait du bonheur dont son cœur débordait. Tous deux prièrent longtemps. Ils sentaient que la bénédiction divine était sur eux, parce qu'ils n'avaient jamais douté des dieux.

Le bureau du temple était brillamment éclairé. Shinji appela et le prêtre sortit la tête par la fenêtre. Il n'arrivait pas à saisir ce qu'ils étaient venus faire. Il comprit finalement et Shinji lui présenta l'une des dorades comme offrande aux dieux. Le prêtre reçut ce splendide cadeau imprévu et on lui rappela que bientôt il aurait à officier à la cérémonie du mariage. Il les félicita cordialement.

Montant le sentier à travers les pins derrière le temple ils goûtèrent de nouveau la fraîcheur de la nuit. Bien que le soleil fût couché les cigales chantaient encore. Le sentier menant au phare était abrupt. L'une de ses mains étant maintenant libre, Shinji tint Hatsue par la main.

— Pour moi, je pense me présenter à l'examen pour devenir premier maître. On le peut à partir de l'âge de vingt ans, tu sais.

— Comme ce serait beau !

— Si je passe l'épreuve nous pourrons nous marier.

Sans répondre, Hatsue sourit timidement.

Ils contournèrent la « Colline de la Femme » et arrivèrent à la maison du gardien du phare. Le jeune homme appela comme d'habitude à la porte vitrée par laquelle on voyait la maîtresse de maison se déplacer en préparant le dîner.

Elle ouvrit la porte. Elle aperçut debout dans le crépuscule le jeune homme et sa fiancée.

— Ah ! Vous voilà tous deux. Soyez les bienvenus !

Elle prit des deux mains la grosse dorade qu'on lui tendait et appela d'une voix forte :

— Père ! Shinji san nous apporte une dorade splendide.

Le gardien qui se reposait à l'aise dans une pièce intérieure s'écria sans se lever :

— De nouveau merci. Cette fois toutes mes félicitations. Allons. Entrez donc.

— Entrez ! Entrez je vous prie, ajouta la

femme. Demain, Chiyoko reviendra, vous savez.

Le jeune homme ignorait tout des émotions et des angoisses qu'il avait causées à Chiyoko et il entendit la nouvelle annoncée soudain sans y attacher la moindre importance.

Ils furent obligés d'accepter à dîner ; ils durent rester une heure de plus. Hatsue qui était revenue dans l'île depuis peu de temps n'avait jamais vu l'intérieur du phare. Au moment où ils allaient partir le gardien décida de le leur faire visiter à fond. Il les conduisit d'abord à la maisonnette du veilleur. Pour y accéder ils longèrent le petit potager où des raves avaient été plantées la veille et ils montèrent un escalier en béton. Au sommet se trouvaient le phare adossé à la montagne et la maison du veilleur au bord de la falaise qui tombait à pic dans la mer.

La lanterne du phare lançait son faisceau pareil à une colonne brillante de brouillard et qui balayait de droite à gauche par-dessus le pignon de la maisonnette de veille.

Le gardien ouvrit la porte de cette maisonnette ; il les précéda en pressant un bouton. Ils virent les équerres pendues à un encadrement de fenêtre, la petite table sur laquelle était soigneusement placé le registre où l'on inscrivait les mouvements des bateaux et, face à la fenêtre, la lunette sur son trépied.

Le gardien ouvrit la fenêtre, mit la lunette au point et l'abaissa à la hauteur convenable pour Hatsue.

Hatsue essuya les lentilles avec la manche de son kimono, mit au point pour sa vue et s'écria :

— Oh ! Comme c'est beau !

Elle pointa le doigt vers les lumières dans diverses directions.

Shinji avec ses yeux excellents lui donnait des explications sur les lumières qu'elle apercevait. Gardant l'œil à la lunette, Hatsue indiqua d'abord les nombreuses lumières qui ponctuaient la mer au sud-est.

— Là-bas ce sont les feux des bateaux traînant les dragues de pêche. Ce sont des bateaux du département d'Aichi.

Le grand nombre de lumières sur la mer était en harmonie avec le grand nombre des étoiles au ciel. Droit devant eux on apercevait le phare du cap d'Irako. Derrière lui s'éparpillaient les lumières de la ville d'Irako. A gauche, apparaissaient les lumières de l'île Shino, plus faibles.

A leur extrême gauche ils voyaient le phare du cap Noma sur la presqu'île de Chita, à droite de ce phare on apercevait les lumières serrées du port. Tout à fait à droite brillait le feu signal pour l'aviation au sommet du mont Oyama.

Hatsue poussa un second cri d'admiration. Un gros bateau était entré dans le champ de la lunette. Il était à peine visible à l'œil nu mais son image apparaissait si nette et délicate que pendant tout le temps que mit le bateau à traverser le champ de la lunette, le jeune homme et sa fiancée se cédèrent la place à l'oculaire.

Il semblait être un bateau mixte, cargo et passagers de 2 000 ou 3 000 tonneaux. Ils aperçurent donnant sur le pont-promenade une pièce avec des tables couvertes de nappes blanches et des chaises. On n'y voyait personne; la pièce était probablement la salle à manger; les parois et les fenêtres étaient peintes en blanc; soudain un steward en uniforme blanc entra par la droite et passa devant les fenêtres.

Le navire portait un feu vert à la proue et un autre à la poupe; il sortit du champ de la lunette et passa par le canal d'Irako en route vers le Pacifique.

Le gardien les conduisit ensuite dans le phare proprement dit. Au rez-de-chaussée le moteur électrique ronflait d'un bruit sourd, dans une atmosphère d'huile : huile des lampes, huile des burettes, huile des bidons. Montant par un étroit escalier en colimaçon, ils arrivèrent dans une petite pièce ronde isolée où se trouvait la source de la lumière que le phare émettait paisiblement.

Par la fenêtre ils regardèrent le faisceau de lumière balayant largement de droite à gauche les vagues sombres et tumultueuses du canal d'Irako.

Par discrétion, le gardien descendit l'escalier en spirale laissant seuls les deux jeunes gens. La petite chambre ronde du haut du phare était revêtue de bois poli. Ses garnitures de cuivre étincelaient, les épaisses lentilles de verre tournaient tranquillement autour de la lampe de 500 watts grossissant cette source de lumière jusqu'à 65 000 bougies en gardant une vitesse qui produisait une série périodique d'éclairs. Des rayons réfléchis par les lentilles tournaient sur le mur circulaire de bois, accompagnés par le tintement régulier caractéristique des phares construits à l'époque de Meiji [1] ; ces rayons réfléchis passaient sur le dos du jeune homme et de sa fiancée qui tenaient leur visage appliqué à la fenêtre.

Ils sentaient leurs joues si rapprochées qu'el-

1. C'est-à-dire fin du XIXᵉ siècle et début du XXᵉ siècle.

les pouvaient se toucher à tout moment. Des joues qui étaient brûlantes. Devant leurs yeux s'étendait l'insondable obscurité que le faisceau du phare balayait avec régularité. La réverbération des lentilles continuait à l'intérieur de la pièce dans son mouvement tournant, interrompue seulement quand elle passait sur les dos d'une chemise blanche ou d'un kimono blanc.

Alors Shinji pensa ceci.

En dépit des tribulations qui avaient été les leurs, finalement ils étaient libres dans les règles de la morale. La protection des dieux ne s'était jamais éloignée d'eux ; en bref c'était grâce à leur providence que dans cette petite île plongée dans l'obscurité leur bonheur avait été protégé et leur amour conduit à une heureuse issue.

Soudain, Hatsue se tourna vers Shinji et sourit ; elle retira de sa manche le petit coquillage rose et le lui montra.

— Te rappelles-tu ceci ?

— Je me le rappelle bien.

Le jeune homme sourit en montrant des dents éclatantes. De la poche de sa chemise il sortit la photo de Hatsue et la tendit à sa fiancée. Hatsue toucha légèrement la photo et la lui rendit. La fierté rayonnait dans son regard. Elle pensait que c'était sa photo qui avait protégé Shinji. Mais, à ce moment, Shinji haussa les sourcils. Il savait que c'était sa force qui lui avait fait vaincre le péril dans cette nuit mémorable.

DU MÊME AUTEUR

Aux Éditions Gallimard

LE PAVILLON D'OR.

APRÈS LE BANQUET.

LE MARIN REJETÉ PAR LA MER.

CINQ NÔS MODERNES.

CONFESSION D'UN MASQUE.

LE SOLEIL ET L'ACIER.

MADAME DE SADE, version française de André Pieyre de Mandiargues, *théâtre*.

LA MER DE LA FERTILITÉ
   I. NEIGE DE PRINTEMPS.
  II. CHEVAUX ÉCHAPPÉS.
 III. LE TEMPLE DE L'AUBE.
 IV. L'ANGE EN DÉCOMPOSITION.

UNE SOIF D'AMOUR.

LA MORT EN ÉTÉ.

LE PALAIS DES FÊTES, *théâtre*.

L'OMBRE DES TROPIQUES, *théâtre*.

LE JAPON MODERNE ET L'ÉTHIQUE SAMOURAÏ.

LES AMOURS INTERDITES.

Dans la collection Biblos

LA MER DE LA FERTILITÉ : Neige de printemps — Chevaux échappés — Le temple de l'aube — L'Ange en décomposition. *Préface de Marguerite Yourcenar.*

COLLECTION FOLIO

Dernières parutions

Impression Bussière à Saint-Amand (Cher),
le 29 janvier 1990.
Dépôt légal : janvier 1990.
1er dépôt légal dans la collection : mai 1978.
Numéro d'imprimeur : 242.
ISBN 2-07-037023-2./Imprimé en France.